拼命 叛逆 单纯 复杂 简单 新鲜 早熟 幼稚 热情 冷漠 感动 无理 梦幻 自私 无畏 坚定 安份

特别 倔强 肤浅 闷骚 深邃 潇洒 自[illegible] 计较 孤独 自由 束缚 充实 放松 紧张 懵懂 悸动

迷茫 散漫 刻苦 灿烂 温柔 多情 感性 另类 平凡 无知 精明 腹黑 脆弱 勇敢 冲动 美好

快乐 失落 理性

十七岁的我们，其实挺那个的

陈 曦 著

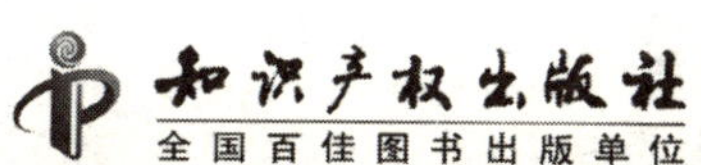

责任编辑： 宋　云

图书在版编目（CIP）数据

十七岁的我们，其实挺那个的／陈曦著．—北京：知识产权出版社，2011.9

ISBN 978-7-5130-0855-6

Ⅰ．①十…　Ⅱ．①陈…　Ⅲ．①中国文学：当代文学—作品综合集 Ⅳ．① I217.2

中国版本图书馆 CIP 数据核字（2011）第 199564 号

十七岁的我们，其实挺那个的

SHIQISUI DE WOMEN　QISHI TING NAGE DE

陈　曦　著

出版发行：知识产权出版社

社　　址：	北京市海淀区马甸南村1号	邮　　编：	100088
网　　址：	http://www.ipph.cn	邮　　箱：	bjb@cnipr.com
发行电话：	010-82000860 转 8104／8102	传　　真：	010-82005070／82000893
责编电话：	010-82000860 转 8324	责编邮箱：	songyun@cnipr.com
印　　刷：	知识产权出版社电子制印中心	经　　销：	新华书店及相关销售网点
开　　本：	787mm×1092mm　1／16	印　　张：	12
版　　次：	2011 年 10 月第 1 版	印　　次：	2011 年 10 月第 1 次印刷
字　　数：	100 千字	定　　价：	22.00 元

ISBN　978-7-5130-0855-6／I・182（3745）

目　录

序一

一样的青春，
不一样的模样

陈曦的妈妈嘱我写序。我没有急着答应做这件事，而是带着些好奇来看陈曦的文字所呈现的心灵世界，寻找足以让我下笔的感觉。

陈曦心灵世界的大门有一个闪亮的徽号——十七岁。我年轻，我骄傲。我骄傲，我年轻。一切的叙述和表达是从十七岁这枚时间的标签开始的。

我想起我的十七岁，上个世纪末九十年代的开端，理想主义时代的尾声，物欲横流的暗潮即将涌动。

1991 年，代表时代精神的崔健摇滚正在神州大地如火如荼。他唱《出走》:

我闭上眼没有过去，我睁开眼只有我自己，我恨这个，我爱这个，哎呀，哎呀……

那是具有启蒙色彩的音乐表达，反观自我——痛苦，困惑，无奈，迷茫，爱恨交织，但不轻言放弃。

那时候台湾的罗大佑低吟浅唱：春天的花开秋天的风以及冬天的落阳，忧郁的青春年少的我曾经无知的这么想……十七岁只不过是光阴故事中一次花开水流的轮回，席慕蓉在诗里所叹惋的一个小小绳结。最高亢的音调也就是香港达明一派响彻天籁的《石头记》，十七岁的我懵懂地感受着那里面的人世悲欢、天地玄黄。

那时候，琼瑶谈情，金庸说侠，三毛则在文字里做着流浪天涯的梦。新闻联播中祖国越来越繁荣，人们的生活越来越好。

以上是七零后的十七岁所拥有的时代背景和文化滋养。

总之，那个时候十七岁的中学生正是红旗下的蛋，生活在改革开放的宏大叙事里，却“梦里花落知多少”，什么都来不及相信，什么都来不及不相信。没有旧社会把人变成鬼的政治记忆，也没有那种坚信新社会能把鬼变成人的非理性热情。

总之，七零后的十七岁，清浅如许，不很傻，却天真。不暴风骤雨，而细水长流。

当时只道是平常。如今想来，却也有它的意义。

阿Q说，老子二十年后又是一条好汉。二十年，足以涅槃一个旧的十七岁，重生一个新的十七岁。

悟空说，皇帝轮流做，明年到我家。到如今，悟空不光打打闹闹在师父面前撒撒娇，而是在《月光宝盒》里当起了哲学家和痴情汉，兜兜转转感受生命中不能承受之轻。

不觉间流年偷换，定睛看时，好风好月的十七岁里站着的已然是另一种人生。

陈曦是即将进入高考的女生，原来她还是我的隔代中学校友；为自己的文章结集出版，这本身就是十七岁时的我所不敢想，也没有能力做的事情。但陈曦却敢想敢做。她的出发点是想给自己的十七岁留下纪念，向自己的十七岁致敬。一开始我担心看到的会不会是充满自恋的文字，矫情而空洞。一气翻下来，很出乎我的意料，边读边暗暗佩服这个素未谋面的小女生。

陈曦的文字才气逼人，让曾经也经历过十七岁的我自愧不如。从她的文字里看得到时代文学留下的痕迹，比如安妮宝贝、方文山，或者还有韩寒，或者还有陈丹青、三毛，等等，我猜。她的文字富于变化，可以如剑客犀利，可以如长者温厚；可以深刻，也可以浅俏；可以清冷漫漫如月色，可以温暖华丽如初阳。《梦开始的地方》、《风的风格》代表了她文字的纯熟和灵动。

陈曦的文字并非空有形式，亦有思想。有思想的文字，才耐人咀嚼，才有生命。她说“看清一个世界，然后爱她”，“比起千疮百孔，一无所知更加不幸”，“天空中流动着纯度很高的云，你的单纯自成一个世界……”，这些都是我激赏的句子，它们代表了陈曦十七岁所能拥有的思想的厚度。

不仅如此，陈曦的十七岁绝不似我们那代人的十七岁那般清浅，她的十七岁是战斗的十七岁，忘我的十七岁。为了荣誉、为了父母、为了别人而战，不谈自我，不谈爱情，不谈将来。那种即将走上高考战场烽烟滚滚的感觉，有点让我想起走向竞技场的古罗马角斗士。那是身不由己的悲壮的战斗，陈曦写出了那种没有退路的逼仄和为自己而战的坚定。

她的十七岁之丰富还在于视野的开阔。向荆轲的致敬，对巴金的理解，对诸葛孔明的崇敬，对纳兰容若辞章才华的热爱，都在她的文字里一一呈现，不一定深刻和到位，却代表着一个十七岁的少女渴望对文化的传承和把握，对历史的理解和反思，对智者和英雄的仰慕。这使我深感今天十七岁的中学生所拥有的视野之宽。使我想起皮访贫老师所说的，他们承受的多，但要的也多。他们要的多，要精神也要物质，要和谐圆融，要十全十美。他们确实赶上了时代，有资本，也有资格。但他们承受的也同样的多，这所承受的甚至如阴影般覆盖在他们的命运之上。

例如，我看到在《为别人而活着》中十七岁少女所拥有的那种惊人的对世俗的理解力。是怎样的社会，让曾经颇具启蒙色彩的“走自己的路，让别人去说吧”变质。林黛玉在几百年前的故事里说我是为的我的心，子君在上个世纪初期的故事里则说我是我自己的。而陈曦说，能让大多数人快乐，我也开心。这之间的跨越意味着什么呢？十七岁的陈曦已经不懵懂，她明白现实世俗的意义。她在这个道路崎岖、价值纷乱的世界选择温情来安顿自我。所以尽管一开始出现的陈曦似乎很狂，其实那只是她对于自己才华的自信，而不是她对于自己人生的自信，对青春理想的张扬。这也许是所有今天九零后的十七岁所面临的问题，在信仰和价值层面，社会给他们出了难题。今天的十七岁中学生比我们那个时候要现实，要功利，要焦虑，这是他们所承受的重。他们将来要面对的可能是一个苦难、肮脏和艰难的现实。

然而我的一位大学老师说过，苦难并不可怕，苦难是人心灵成长的土壤。我特别想对陈曦说的是，在今后的人生道路上，要继续对生存和命运的探索，不要被巨大的现实漩涡所吞没。像庄子所展示的那样，如果我不能在现实中实现自我，至少我可以争取心灵的自由。像王小波所说的那样，除了拥有一个现实的世界，还要有一个诗意世界可以栖居。

文字既可以总结过去，也可用来描画未来、规划人生。青春无敌，青春也易逝，所以这是接下来陈曦要继续做的事情。感谢陈曦的文字，给了我一个回溯流光，检视自我，感受九零后的机会。饶有趣味地两相对照后，我深感我们都是时代的产物，个人的悲喜人生总是离不开时代的大背景。而陈曦这一代实在是任重而道远，祝福你，陈曦。

罗　维

序二

其实，十七岁的女生是很那个的

两年前，陈曦高一，我是她的语文老师，每回读她的文字，我都有一种感慨：有的人就是为文字而生的，比如陈曦。

两年后，陈曦高三，我已不是她的语文老师，可再读她的文字，我还是同样地感慨：有的人就是为文字而生的，比如陈曦。

“你的文字表现力超强！！”这是我在读到她写的《高中初体验》（收入文集时改名为《去奋斗吧》）时给她留下的评语。后面我还写了一段话：“‘春色满园关不住，一枝红杏出墙来。’高墙深院锁不住春色，红杏依旧要努力向上伸展，直到伸出园外。其实，很多时候，生命的彰显就在于那几公分，于千百万人之中崭露头角，于芸芸众生之中脱颖而出。”对于我们这样的三湘名校来说，高考大潮的裹挟是势不可挡的，作为学生的她，或许我的认可，正如她所言，“对一个面对高考时代‘戴着镣铐跳舞’的学子来说，是多么弥足珍贵”。而作为老师的我，给予她由衷的赞许，其中寄寓着莫可名状的欣喜和不能明说的期待。

我一向就认为真正的文字是有生命的温度的，而十七岁的女生，其实是很那个的——她们青春生命的能量是无法估量的，而这种无法估量的能量是绝对不能流失的，对陈曦来说，文字就是她释放生命能量的最佳模式，我要用陈曦自己的话对陈曦说一句：“请不要停止书写！”

皮访贫

第一辑

时间胶囊

恩　师

邹春晓老师

我可以说，没有她就没有现在会写文章的陈曦，至少是不敢写的。用我妈的话说，是她的“纵容”助成了我太看得起自己的气焰。

这话其实不算过分，以前作文课每次都会念同学的作文，说谁谁谁的这里好大家可以学习之类的。一次邹老师念完我的文章，她笑了一下，说：“这个学不来，是陈曦的风格。”

我的天！就是这一句，胜过我听过的所有称赞。所以我越来越敢写我想写的，能在作业本上不需要压抑或保守地表达，这是多快活的事。

不止是文章，当初经常跷课去邹老师办公室训练朗诵技巧，有时一天跷掉两三节课，或者从放学练习到天黑得看不见。喉咙都快干了，嗓子都冒烟了，那样也不会觉得时间难挨，练习完还可以手挽手去喝奶茶。那个时候，我不会叫她老师。

一直在之后的所有朗诵或者演讲比赛中，我一定会说，我的指导老师是邹春晓。说得底气十足，无比自豪，那语气就像我的老师是濮存昕一样不得了。没错。她在我看来就是无敌的名师，我也不自惭地对高徒这一称谓感到心安理得。

她在我初中毕业后给我发了短信说，在我们身上看到了年轻，要我们记得做最初的自己。

我一直记得这句话，并尽自己最大的努力守护着，我没有也不会忘记，要做最初的最好的自己。

刘水荀老师

人称 BOSS。我们初中想必是没有人不认识他了。金牌数学老师暂且不谈，光是他结实的身板就叫人过目难忘，也就是那身板，我们班没有一个人不服他。我初中三年几乎一到家就抱怨他，要是把我抱怨他的话记录下来，怕是都快“罄竹难书”了。

我总是埋怨他，说他蛮不讲理又苛刻还很凶，怪他打过我手掌心，很响一声，但一点都不痛。因为我知道比起其他人，他对我下手算是最轻的了。

我总是说他这不好那不好，可是我知道，学生时代谁不是这样，上学的时候抱怨得不得了，离开了又觉得什么都好。我都知道，BOSS 对我已经是仁至义尽了，因为我很听话所以总是被偏袒，要是有一个“教师责任感排行榜”，他绝对是第一。

BOSS 第一次夸我，是在竞选班长的时候，我还算出彩的演讲让他第一次记住了我，之前我总是反复提醒他我的名字，自从那次之后，他需要学生帮忙的时候，第一个叫的绝对是我。

也不是没有抱怨过，觉得自己成了“完全劳模”，但是每次 BOSS 都会在重要会议上夸我两句，不是什么浮夸的话，他也许只是说“这件事还是辛苦了我们班长，大家要谢谢陈曦”，这话从一位外表粗犷的 BOSS 口中说出来，其实还挺暖心的。虽然我也不是小孩了，但是 BOSS 一说这样的话，我就任劳任怨了。不是贪图表扬，是因为我知道，我是被需要的，被信任的。

被需要，被信任。这是多么值得庆幸的事。

能力从来不是与生俱来，自信也从来不是上天的馈赠，领导者的风范也不是随便能有的。不谦虚地说一句，这些我多多少少都有点，而在这“多多少少”中，有很多是因为 BOSS。

去年教师节回去看 BOSS 的时候，送了他一本书《沉思录》，也不知道他有没有看，我在第一页写着“刘老师，大恩不言谢”。

陈贞老师

其实我应该在陈老师的名字后面打上括号再写上“拼命三郎”或者“少女阿信”，她为我们付出了太多，也失去了太多。

当我刚刚得知她所承受的，我写了整整三页的信。我也就是想说些什么，好让她不那么难过，不那么辛苦，好让她知道她不是一个人在战斗。

那天她把我叫去办公室，同桌还在笑说我肯定做错什么事了要去被训话。我忐忑地走到办公室，她让我坐在身旁，桌上是我写的信。她笑了笑说：“真是，居然被你这信给弄哭了。”我一愣，顿时觉得陈老师就像一个还有些不好意思的、原本就该坐在我左边或者右边的同学。

当你的用心别人能懂的时候，当你的努力真的能给别人安慰的时候，那种感动是难以言喻的。

高一期末考前几周，我收好东西准备走了，陈老师拍拍我的肩膀突然来了一句：“陈曦，你不傻。”我当时要是正好一口气咽不下去说不定就被惊讶死了，幸好这话还没说完，“我的意思是，你还挺聪明的。要是我教你三年，高考数学你不拿高分就怪了。”我张了张嘴也没好意思说出口，我想说我也希望能三年都在她的班上。

可是她没有再教我们年级了，也没有再当班主任。因为放不下我们班，发烧了也天天来上班，陪我们早读，跟我们一起跑操，放学跟我们肩并肩一起走。从来没有比任何一个老师轻松，只有做得更多的地方。她太累了，因为我们，她失去了她肚子里一个多月大的小宝宝。

我无法想象这是多大的痛苦。她请了两个月病假，向校长申请不再当我们班主任，我们知道后全班写信给她，她只回了一句话，"我看到你们就会想起难过的回忆"。那时候我们全班都坐在一起，却没有一个人说话，作为班长的我应该说些什么才对，可是我喉咙里像是长了刺，什么都说不出来，我怕一开口就会哭出来。

校长答应了，我们也没有再挣扎，当我们决定接受新老师的时候，她回来了。

我就知道。我就知道她放不下我们，我就知道她是刀子嘴豆腐心。

刚进高中的时候，陈老师在黑板上写着"你不是一个人在战斗"。这次她回归，在黑板下写着"且行且珍惜"。同样的话，我们也想告诉她。

我们都知道，她还跟我们轻松地说起这事，不是真的释怀了，就像我们都明白不喊痛不代表没有感觉。我们真的无比珍惜这位比拼命三郎还努力，比少女阿信还善良的老师，我们爱她，我们要让她知道，不管经历了什么，我们都在她身边。

高一0920，这是个传奇的班级。军训第一，常规第一，跑操第一，运动会第一，合唱比赛第一，成绩第一，长郡中学文明礼仪示范班，长沙市优秀班…… 总之是能拿的奖我们都拿了，就是实验班的奖状也不及我们班的一半。

而我们所拥有的，0920所拥有的，没有陈贞老师，就没有意义。

皮访贫老师

等等，让我想一想要如何形容。“有个性”不够，“有才华”太俗，她是非凡而脱俗的。要说我真是很少会佩服谁，但是皮皮老师，我绝对毫无保留献上百分百的敬意。但绝对不是保持距离的膜拜，是一种心照不宣的感觉。我学识尚浅，未必懂她的每句话，可是我的话，她都能明白，知道我想说的，就算我没有开口。

皮皮老师的作文评语可以占一整页纸。准确说那不是评语，是一种沟通。她问过我，如果5分是满分，我给自己的文章多少分。我想都没想说4分，说完我还想自己是不是太不谦虚了。结果皮皮老师很严肃地说：“我不理解你对自己还有什么好挑剔的，5分对你都不够。”

这话别人听了肯定笑话我，可是就算是过分的夸奖，孰不知这过分的夸奖对一个面对高考时代“戴着镣铐跳舞”的学子来说，是多么弥足珍贵。

我可以和她有说有笑单独坐在西餐厅吃牛排，不说老师和学生该说的，只是谈论首饰，聊聊娱乐圈的偶像们，偶尔也说说文学。牛排她点七分熟，我永远要全熟的食物。

那个时候皮皮老师还找我去帮一个师兄的网站写些文章，本来觉得自己吃一大亏，结果皮皮老师在跟师兄介绍我的时候说：“这是我近年来最有才华的弟子了。”没办法，我这人就是爱听夸奖的话，所以之后被师兄吩咐诸多任务也一句不抱怨，老老实实帮他填文。

可能是皮皮老师对我的厚爱，导致语文课代表小宇哥很是不待见我，老吃我醋，几次放狠话说要撕了我作文本。可是那小哥们我知道，就是说说，谁叫语文课代表都走书生路线呢。

满腹才华是藏不住的，开口就是文章，出口就成哲学。这样的境界被形容成“长郡最有个性最有才华的老师”不够，可是怎么办，我形容不了。我说大堆赞美之辞也显得很没档次，她有多优秀，只要听她一节语文课就什么都明白。

求学路上，我遇到无数好老师，可是我从没写过老师，可是也会有感恩的想法冲击着脑门，叫人不得不写下一些发自肺腑的文字。

因为他们，我开始相信，所谓人生，还是要取决于你遇见谁。

幸好我的老师是他们。

大恩不言谢。恩师邹春晓、刘水苟、陈贞、皮访贫。

ZHGGU

长郡中学首届校园主持人大赛决赛

差一点就是保送生

我一直觉得“十分钟年华老去”是一句无比浪漫的话，可惜我并不信这话。

只是经历了这次之后，我开始相信，人真的是可以一夜之间成熟的，但凡是不能把我打倒的，都只会让我变得更强。

刚知道比赛结果的时候，我只是在电话这头叹了口气，妈妈应该是说了几句安慰鼓励的话，我无心再听，挂了电话之后，我赶紧开了音乐，听有节奏感的、有喜感的音乐。

每次难过我都是这么熬过的，都可以在轻松愉快的音乐中笑嘻嘻地度过难熬的时间。时间都过了凌晨了，打算趁着喜气快些入睡。

平躺了十分钟，或者更长。挺没骨气的，枕头哭湿了一片，牙齿咬得紧紧的，磨得直响，还是憋不回去。其实当时我真想号啕大哭，破口大骂或者摔些东西以示悲愤。可是我都没有，我只是没有声音地哭了一会，这“一会”到底是多久我也不清楚，哭着哭着我就睡着了。

幸好这事已经过去有段时间了，所以我才可以心平气和地把这些费劲的话都写下来。这感觉要怎么形容，有点像鲁迅先生失去刘和珍君时痛定思痛的感觉，又像是忍痛生下的孩子夭折了一样，这些比喻不算贴切，还夸张了不少。不过在我尚浅的阅历中，这算是非常大的打击，我也找不到能更好地表达我感受的形容。

我一直犹豫要不要把自己的感受这么坦白地说出来，因为大概人们都会觉得我小题大做，一个比赛而已至于这么伤神吗？我这样甚至像是摆出悲哀的神情等待怜悯一般，我知道世界上几乎没有“感同身受”这回事，刺不扎在别人身上，别人根本不知道有多痛。

不过这感受我爸妈应该懂，快凌晨一点的时候，妈妈发来了短信，中间有一句“你要顽强地做自己，你的实力我们都看得到，你已经赢了”。虽说是妈妈发自肺腑的真情之言，可我毕竟正处在受伤又昏昏欲睡的状态，这样鼓励又安慰的短信其实没起到多大作用。

过了一会爸爸又打电话过来，我没接。因为我还在哭，涕泗横流的样子还是不要被发现的好。见我没接电话，爸爸又发来短信，他一贯冷静又简洁的风格：“得不得奖没关系，把学习搞好就行。”真是时刻不忘记督促我的父亲，叫我哭笑不得。

去年参加这个比赛失利的学长也发来了短信，他说他看了我的作品，完全有一等奖的水平，可是获奖的因素很多，而这很多是我们控制不了的。我回复他说：“我们这样真像愤青。不过真的很谢谢你。”因为我知道，他也是跟我有同样经历的人，比其他人更明白我现在的心情，他告诉我，高三很长，虽然这次比赛不能说是不算什么，但比起高三的学习，是可以暂时忘记的事。

可毕竟不是那么容易放下的事，准备参赛作品那段时间完全可以用“不堪回首”来形容。

白天上课，下午五点提前回家，从进家门一直到凌晨都坐在电脑前，切片，编码，做按钮，一帧一帧地移动，拼凑组图。口袋里放了眼药水，滴那玩意的感觉真是不讨喜，不过我首先要确保我的双眼保持清晰才能继续。隔天六点半起床再去学校，上课的时候眼皮总是无比沉重，喝了罐咖啡打起精神，结果一走神满脑子都是网页构图排版。

书包里永远带着电脑，去机房比去厕所还勤。

交作品的前三天，我活生生地熬了三天。晚上九点再来一杯咖啡，甚至早上醒来发现自己是在电脑桌前睡着的。爸妈要我别去学校了，我说不行，今天还要让老师最后检查一遍作品。

最难熬的时间不是没日没夜地制作，是每天回家的路上。

我放弃了以前最喜欢坐的前座，反而坐在后面的座位，假装是睡着了，然后倒在后座上哭。只要一闲下来我就总在想，我陈曦年纪轻轻的，为什么活得这么累？

我在拼什么？可能是为了石老师说的一句“拿了名次，凭你的成绩去北大很有希望。”

对，就是为了去梦寐以求的学府，我义无反顾地“功利”了一把，我对网页制作的兴趣还不足以支撑我吃这么多苦。咬碎了牙也只往肚子里吞，为了那所住着我梦想的学府。

然后呢？然后我输了。虽说不是什么在意料之外，但我真的觉得我本来、我应该是可以赢的。不是说“三分天注定，七分靠打拼”吗？我不知道是不是真的所有赢得名次的人都比我还拼命。

我之前一直狂妄地觉得我的作品是超强实力了，如果我还有力气的话，我一定会自嘲一把，说这应该是报应。可是现在这玩笑我开不起，因为这个伤疤还有些痛，经不起谁来揭开。

我当然知道比赛重在参与，重在过程。可是说实话，我失去的并不少。比如对一切新鲜事物义无反顾的冲劲，比如对一切困难艰苦一笑而过的豁达。

但是与此同时，我拥有了三思而后行的谨慎，拥有了从摔倒的地方站起来的勇敢。我还拥有超年龄的网页制作水平，专业美编能力，详细的非物质文化遗产知识，采访路上的体悟……这些都是无比珍贵的东西。

我从来不是一蹶不振的人，一切不能打倒我的挫折，只会让我变得更强大。小孩子摔倒了当然要哭，可是懂事的小孩也知道哭了一会就该重新站起来，自己站起来的时候，伤口里也有最深的骄傲。

现在校门口有一张巨大的红榜，上面有我的名字，虽然没有保送但也要以示鼓励，其实我每次经过还是有些抵触，像是在提醒我，我差一点就是保送生。如果一开始我就没有这么功利地期许，我压根不会这么难过，半只脚伴着保送生资格踏进梦想学府的门，又活生生被拽了出来。

我经历过的人生都太一帆风顺了，学习优异又备受宠爱的幸运儿当了太久，也该从温室里出来看看世界了，不经历点风浪，我这只小船也没资格说自己出过海吧。

我当然知道要看开，再给我一点时间，不会太久，我向来是乐天派，这点不算太小也不算太重的伤，我自己完全可以治愈好。我依然相信，只要努力了，不管结果怎么样，都是好的。

我差一点就是保送生，遗憾当然是有的。不过幸好，幸好差一点，不然我就要与青春中最深刻的记忆擦肩而过了，幸好差一点，不然我就要缺席无比珍贵的高三了。

昨日最亲的某某

其实我很怕听陈奕迅唱《最佳损友》，他一唱“朋友我当你一秒朋友，朋友我当你一世朋友”，我就会想到你，他再唱“来年陌生的，是昨日最亲的某某”，我才会想到，我们已经不再是朋友了，不知道是时间还是距离，还是所谓残酷的现实，总之我们就这么走散了。

我知道我们以前挺要好的，好吧，可能要更多一点。

毕竟也过了这么久了，我们彼此不说话装陌生人也有两年了。所以别人说起你，我还是说：“啊，你已经是历史了。”

就算是历史，也是一段辉煌的历史吧。一段只要说起来我就有说不完的话，写不完的字的历史。

你是我灵感的来源，也是我唯一的冒险。我觉得这么比喻你，真是再贴切不过了，所以我以前哭着发誓说再也不会写一个关于你的字，现在也轻松地出尔反尔了，依然可以一说起你，就完全不卡壳地写出长篇小说。

我知道我以前很喜欢你，可是，我不知道我这么喜欢你。

我还总是带着玩笑的语气说起，我们一起做过多么疯狂的事。之所以可以那么轻松地全部说出来，是因为我深信我这辈子不会再这么做了。

我的人生才刚开始呢，所以别人说你和你带给我的回忆已经进入了我的血液，会影响我的一生的时候；或者是我想起以前的事，总是在记忆里那么清晰，仿佛就像是昨天的时候；再或者是，我发现我的很多习惯都是在跟你一起的时候养成的时候。我真的都想问自己凭什么？我们之间不过短暂的相处，可是你改变了我这么多。

我不是忘记了你的生日，只是那天我没有再来找你了。每年准时出现的人，不再突然出现，不管是让你惊喜还是又让你倍感压力，我都没有来找你了。不是什么怕你尴尬的设身处地，是我想让自己自在一些。所以即使是吞了一千根针才忍住不动声色，冷静地过了一天，也没有觉得自己做错。

但是也没有我之前以为的那种痛快，那种扬眉吐气潇洒转身的痛快，我没有。

实实在在踏入过我宇宙，即使相处到有个裂口。

命运决定了以后再没法聚头，但说过去却那样厚。

问我有没有确实也没有，一直躲避的借口非什么大仇。

为何旧知己，在最后变不成老友。

我想过，我要是不再刻意回避，反而是直接去你们教室叫你出来，亲口问问你，我们为什么会变成这样，会不会比我又长又矫情的书信更让你感动？但是我肯定不会这么做的，所以也只是想想而已，尽管我以前一直都是跟你跑，恨不得形影不离，可是我现在老了，没那热情和力气了。或者说是我不再是会崇拜孩子王的小跟屁虫，教会我走自己的路的人是你，让我变得无比理智的也是你，这都是你的功劳。

我以为，我都做到了，删掉了你的QQ、MSN、信息、电话号码，如视珍宝的蠢日记也锁起来了。终于在把你号码删掉一年后的某天，发现自己真的记不起来了，原本可以倒背如流的号码终于忘记了。

我还以为，你已经被我写进历史了。

我说过我希望跟你和好吧，不用多亲密，至少不用装作不认识，见面还是可以打招呼的人吧。

可是现在我不想了，因为我是多没骨气的人我知道，所以即使只是朋友告诉我你也在回头看我的时候，我都会觉得我完蛋了，甚至还往别人身后藏，以为这样你就看不到我了，我就不会被你看到了。

你说你要是像以前那样继续无视我多好，就算我天天烦你，也不理会多好。

不知你是我敌友已没法望透，被推着走跟着生活流。

来年陌生的，是昨日最亲的某某。

总好于那日我没有，没有遇过某某。

我肯定是哪根神经搭错了，所以看到你的黑眼圈，我就可以看到你熬夜的样子；看到你的名字出现在学校光荣榜，我就可以看到你看书做题还是喜欢抓刘海的样子；看到你笑，我就可以看到你给喜欢的人逃课翻墙出去买礼物的样子；看到你看我，我就可以看到你走到我身边来的样子。那样我就会以为你也有过不去的那道坎，我就会以为你也在怀念我们还是朋友的日子。

人生如下棋，不管多么精彩的棋，其中总有遗憾。

人生不如下棋，下棋最大的好处是，即便你下错了，你还可以接着下。

可是我怕遗憾，遗憾像长在手心的痣，只有我自己知道它慢慢浮现的过程和位置。

我想要的无非是人生中一些好风景，反正我对你出尔反尔也不是第一次，所以我想，如果你可以像我对待你一样坦诚，我伤心生气时说的狠话都可以收回，时间距离或者残酷的现实我都可以原谅，跟宽容无关。

因为你曾是我昨日最亲的某某。

去奋斗吧

奋斗是一个多让人心动的词。

在刚刚以为自己学会“吃苦耐劳”而沾沾自喜的时候，觉得再大的苦都能吃，再难的事都能解决，想到我半只脚都已经踏进高中的门，想到“奋斗”这个词会流进我的血液，我当时该有多么心动。

是希望让自己理想的种子在此扎根，成长为根深叶茂的大树；是希望在此磨去我自以为是的棱角，让自己的青春有真正的发光点；是希望自己学会脚踏实地，拒绝草率与浮躁……

就是怀揣着这样的希望，我走进长郡，高中的时光也随之走向我。

我知道，想浑浑噩噩地数着日子轻松混过三年是多么困难又愚蠢的念头，现在的我已经觉得时间不够用，尽管难免有些辛苦，但这样的充实终究是快乐的。

我只要一想到，我现在的每一个脚印都是通向被光束照亮

ANCHOR

的未来，疲惫的步伐就变得坚定而有力量。

我不要躺在过去的功劳簿里沾沾自喜，一切高远的理想都建立在朴素的起点上。

人没有未卜先知的本领，我不知道用多少次跌倒与挫折才能换来些许经验与可见光，但我从不会因为畏惧伤害而退缩，我只是有一双天生热爱前行的旅行者的脚，在摔倒后一次比一次更坚定地站起来，伤口里依然有最深的骄傲。于是，摔倒也成了我成长的舞步。

可是“奋斗”哪有那么简单，大概也正是这个原因，它特别让人着迷。

面对复杂的题目不知从何下手时，面对自己的名字在排名榜里挣扎时，面对接踵而来难以消化的知识点时……我几度以为我要崩溃了。

如果不是在一种理想中来考察我的生活，那么生活平庸会使我深感疲惫。高中不再是填充式的教育，而是一场自主追逐知识的竞赛，不会再有谁在背后推我们一把，我们只能自己奔跑向前。

奔跑，用自己最快的速度去追逐、去超越，青春是本太仓促的书，若有一刻怠慢，那该会错过多少？我们正值年少，不要等到了灯火阑珊的当口，回首才悔恨把青春装扮得太过拙劣。

没错，高中三年必然辛苦，我们的前路冗长以至看不见尽头，走过泥泞的路尽管会有层出不穷的跌倒与艰难，需要我们付出与承担，这的确辛苦。但如果我们让这三年轻易荒废，在人才济济的市场中以一个无知者的身份出现，那才是最大的悲哀。

我们走过的路，越是泥泞，脚印越是深刻。

别被昨日遇到的落差打败，也不要因前路迷茫而不敢迈步。在我们犹豫之时，来路早已崩塌，前路也不会久待，我们不能驻足，只能前行。

时间就这样无言地离开了，当初，中考时紧张的心情仿佛就是昨天，但在这期间，我已经走了那么远，又走了那么远。现在还以“新生”的身份自许只会成为无法适应的借口，谁知道哪天睁开眼面临的就是高考了。

时间让漫长变成“倒计时”，而在这些时间里，我们可以做的事很多，除了静静等待。

也许身边的夜太浓，太阳尚远。太阳尚远，但必有太阳。怀揣理想一路前行，总有一天与梦想的自己并驾齐驱。

去奋斗吧，像从未失败过一样。

为别人而活着

21世纪广为宣传着："要为自己活着"，"人活着就是给自己看的，不必讨别人欢心"，"走自己的路"之类的励志名言。坦白说，我一直不太待见这样的话，虽然在"紧要关头"也拿出过这样的话安慰别人，但是我自己是完全不信的。

有人问过我有没有讨厌的人，我冥思苦想了一会，认真地回答说，有过瞬间的念头，不过没有真正讨厌的人。她沉默了一会，说："你最大的优点就是可以跟所有人笑着相处，过了一辈子没有树敌的人生，可是这也是你最大的缺点。你知道吗？"

其实这话让我反思了好一阵子，我活得太窝囊了吗？太圆滑了吗？太老成了吗？想到这些，我不禁打了个寒战，我可不是这样的人，我只是想要一些人生中的好风景，而这些，是需要大量的支持的。想要得到支持，不是应该先支持别人吗？

我想或许也是因为现在身边的人都不认识以前的我吧。

陈曦从小就是火爆脾气，说得好听是敢爱敢恨，摊开来说是曾经把生活老师弄哭过、把水直接泼到过别人身上的人，捉摸不定的性格，受不了任何逆耳的话，哪怕是别人为了我好；从来不受委屈，别人说我一句，我一定要回上十句才甘心。这样不算太坏，“棱角分明”可以让人享一时之快，但因此我失去了很多，其中包括原本可以成为朋友的人，一些本来可以喜剧收尾的事。当然我也不后悔做过这些事，我很感谢它们，它们铺成了我走来的路。

火爆脾气后来改了，大部分都改了。剩下一小部分劣根改不了，在和平情况下会藏起来，然后称这一小部分为“个性”。

这也多亏了我妈，我妈是心理学教授、国家二级心理咨询师，专业听上去很吓人，叫“犯罪心理学”。不知道是不是现在的年轻人大片看太多，扭曲了一部分价值观，因此所有人得知后，居然都流露出对我童年十分同情的神情。不过说真的，我什么都瞒不住我妈。说谎从来没有成功过，在这样反复被揭穿识破的难堪中，我练就了一身说谎时脸不红心不跳、极其自然的本事。可是这种江湖上的小伎俩，依然被我妈乐此不疲地揭穿着。

我跟我爸两个堪比活火山的暴脾气，也被我妈驯服得有了样子，学会设身处地，学会忍让。显然劣根性还是会出来作祟，我藏起来的暴脾气也有露出马脚的时候，幸好这样的时候我都没有被嫌弃。

这样很好。就算是我妈常常说些我看作废话的大道理和各种教育故事，可是这大概就是文化影响力的潜移默化。我学会在适当的时候说谎，比如在我失去了保送的机会之后，我可以笑着对父母说，我想的开，只有一点点难过，很快就会振作。其实并没有，我难过了挺长一段时间，但至少我那个放心电话，让我爸妈安心很多。我并没有逞强的意思，也不是说什么“善意的谎言”，我只是觉得他们为我已经辛苦了这么久，不该再这么难过。

因为传说难过时有人分担，难过会减半。这话我相信过，所以有很长一段时间我总是找人抱怨，当时觉得痛快无比，可是事后呢？只是有更多人知道你伤口的位置，难免会有碰触到你伤口的时候，这样长久的辛苦未必更加好受。况且，不在乎你的人，附和着听你诉苦之后就觉得自己已经仁至义尽了，根本不存在“设身处地”，针不扎在别人身上，别人没办法“感同身受”。除非是至亲，你痛的时候他们更痛，所以摊开你的伤口只会让他们更加辛苦，那又何必呢？

因为“走自己的路，让别人说去吧”变质成了“走自己的路，让别人无路可走”这样的荒唐言语。这不是偶然，是社会发展的必然，人们从来不会满足已经拥有的权利，只会想要更多。因为在逐渐发达但又不够发达的社会中，人们学会争取利益，却不是整体利益。

至少以我尚浅的人生阅历中，我是不太能理解，有人说为别人考虑着的生活是无比辛苦的。胡说，退一步海阔天空才是王道。

千万别相信什么人生来该为自己活着，这样的人其实是很可怕的。

当然不是要你唯唯诺诺过一生，这样不算为别人。当你是你自己的时候，别人觉得你真实，这也是对他人的尊重，于己于人都是桩美事。

不是所有人都能理解，我被爱着是因为我先爱人，我没有树敌，我可以和全世界握手。这样的我活得无比轻松愉快，当然不能逞强说从来没有辛苦的时候，可是我们是健全的人类，辛苦难道不是必须的吗？这样能让大多数人更快乐，当然，这样也让我自己还蛮开心的。

爱你就像爱生命

她叫小白，是我最好的朋友，最好最好的那一种，是“最”，没有“之一”。

我们相隔一个太平洋，她在洛杉矶，我在长沙。我怀疑过很多东西，却从没有怀疑过我们，时间和距离从来不是我们的对手。不时联系，身边发生的一切事情都想和对方分享，这不只是邮件节选，是爱。

2010年11月7日（星期天）晚上10：09

“你要学会适应，别再孩子气”

我也换了英文名，Chasing。你英文现在肯定比我厉害了，不需要我再解释是“追”的意思了吧。因为这个读音很像“陈曦”，而且中文意思又很符合我的个性，所以我就毫不犹豫地用了。

你以前跟我说，如果能出国一定要出国吧，你说你虽然辛苦可还是学会了很多。我也认真地考虑过，但是前几天做梦梦到我真的去了英国，然后我妈在中国逛街，看到一件喜欢的衣服，结果没舍得买。原因是为了给我多寄点生活费之类的。我一想到要是我没出国，我妈一定会毫不犹豫买下那件喜欢的衣服。

所以，我不想去英国了。至少短时间内不会，以后我要靠自己出去，让我接近自己梦想的同时，不把父母从他们的理想生活中分离出来。

不知道现在美国天气好不好，你要照顾好自己，要开心，要记得跟家人常联系，也不要太想我们，但还是要想一点点。

我说照顾好自己，你别以为只是客气，这是语重心长的一句。

2011年1月9日（星期天）上午8：42

“我也很想见你”

我们最近学的英语是“文化差异”，讲了各种地方不同的文化环境养成的礼仪。所以我大概理解为什么你的大实话总是让人误解，他们喜欢听好听的话，喜欢听你说“你歌唱得真好”多过诚恳的建议，大概就是因为文化差异。喜欢恭维，彼此客气，其实大多数人都如此，偶尔我们也是这样的，所以别太介意。

就像现在临近农历新年，大家都把动听的话挂嘴边，为了新年的好福气。

只是气温降得太快，我的四肢总是冰凉，耳朵也起了冻疮，穿得很厚，很不好看。

不太喜欢冬天，想去旅游。可是被宣判，这个寒假我只能在家学习或者准备网站比赛的事。也罢，能睡到自然醒就足够奢侈了，毕竟我也还是有追求的人，梦想在等我们，不会等太久。

我刚刚看了星座测试，上面写着射手座的心里话的最后一句是“我好想见你”，是不是说中了你的心里话，哈哈，你一定很想我。

我也是。

2011年3月20日（星期天）晚上6：30
“别担心，地球很安全”

其实我完全不相信2012。玛雅人的预言是：“世界将迎来黑暗的一天”。结果夸张成世界末日了。要是2012真是世界末日，我现在也没必要在这里为了高考当拼命三郎，不然到时候刚结束高考就地球毁灭，我们这一届岂不是太划不来了。上帝不会这么对我们的，放心吧。

“如果真的地震了 我唯一要做的事”是一篇网络日志的名字。

日志内容只有两个字“找你”。

我当时看了就想起你。虽然不吉利，但是我真的想到了我在挖坍塌的建筑物碎石，挖得手都是血，还在哭着找你，哭得那叫一个凄惨。我是不是得妄想症了？

我们在一起的时候地球很安全，不会有灭顶之灾的。你相信我吧，地震、海啸、核辐射什么的都会适可而止。我们会一辈子平平安安，一起平平安安。

2011年3月26日（星期六）晚上10：43
“在你回来前我要做的事”

我刚刚新建了个文件夹，里面又有两个小文件夹，一个叫“白蘑菇”，是你；一个叫“果小西”，是我。我这么做是因为我有一个宏伟的计划，我觉得王小波给李银河写的那些信件情书编成的《爱你就像爱生命》还有点意思，记录的都是最纯净的感情，想着我们俩也能出个友情版本的。

我要把我们的信件全部留下来，作为证据，也像教科书一样，告诉生活渐渐变得麻木的人们，什么是爱，怎么去爱。

你说你在减肥，我就笑了，我上个星期还在当“素食主义者”宣言要像兔子一样活着。每天西红柿、黄瓜、火龙果、

木瓜、酸奶，心情好就来几片全麦吐司。结果呢，逢上这两天考试，我背书老是一合上书就忘了。又听到同学说，食量突然减少会影响记忆力，于是我毅然决然地把记性变差的错推到了素食主义身上。

于是我恢复“暴饮暴食”，为了在考场上打个胜仗。

素食主义的事就暂且作罢吧，虽然我希望在你回来前拥有一双筷子腿，这样我们就可以一起美美地逛街，我不用再永远一条七分裤……

其实读书挺累的。今天考完试，大家都说这考得跟我们学的不是同一本书，出地理试卷的老师其实是学心理的，历史试卷是长郡的门卫出的题目，政治80%是陷阱题，15%是难题，5%是出得有歧义的题目……

你看我们现在多有创意，试卷一出，我们根据题目难易总能有办法调侃出题老师，就像是他们出难题“调侃”我们一样。

读书苦就算了，最怕就是读了半辈子书，结果还是找不到工作，我妈他们大学今天招聘助教，一个职位70个人竞争，硕士一抓一大把。

要是我选，要不现在就别读书了，要不就一口气硕博连读。高不成低不就太不干脆了。

不知道你什么时候能回来，我希望你回来之前，我的大学已经有了着落，这样我们才能放下心理负担好好享受闺蜜团聚的时光。

说到大学，有没有觉得时间真的好快，我居然已经要思考大学的问题了。

我本来想着，要是我们大学在一起就好了。想着梦着，我都会笑醒。

既然你已经选择了出国，你就要好好读书，我不是在装长辈身份教育你，只是以最好的朋友这个身份告诉你，毕竟这是以我们长久分隔太平洋两岸作为代价的事，毕竟这是在拿青春赌未来的事。

十七岁的高三

一生中许多日夜并不欢愉

有人为我们沏了一碗感情深致的茶

我们却总说来日方长

来日方长

于是将茶碗搁置

待时间一游再回，或他处小酌而归

以为它仍然会热香扑鼻等在那里

殊不知这世上回首之间

便是人走茶凉

因此要记得

感情这碗浓茶

一定要趁热喝

用心付出的感情

敌不过时间

世情

但终究有一种对于希望的忠于

——摘选自《尘曲》

学校的第四教学楼空了，以“08”开头的27个教室随着2011年高考结束都空了。

然后，我们就高三了，这意味着什么呢？大概是我们也要搬进第四教学楼，面对成千上万道的习题和快拉到下巴的黑眼圈，这话偏激又扫兴，但至少高三是个不能让人任意挥霍时间的年级。

比十七岁大一点，比十七岁小一点和刚好十七岁的我们，就这样高三了。似乎早有准备，却还是措手不及。

十七岁意味着什么，像是在雨后应该萌发的植物一般也该出现的爱情，空气中都有粉红色的氛围才叫人想起十七岁。但是该消失的都要消失了，该破灭的都要破灭了。为什么用“该”？我解释不清楚，大概是普罗大众都觉得在高三谈情说爱简直是愚蠢地浪费青春，对此我的立场很中立，但其实潜意识里是赞同普罗大众的。

迟早都是要分道扬镳的，紧迫的时间经不起耽误。这个念头虽然有些老气，但现实没那么容易跟我们沟通达成协议。压力、时间、价值观、异地之类，等等，要分开的人总有理由，十七岁就算萌动，也还是懵懂的，大人们都说经不起大风浪。

但毕竟是十七岁，残酷的现实归现实，总有人会解放被现实冷却的心，认为限量版的十七岁，不经历一些什么多可惜。

听说以前有一对学长学姐，亲密无间又十分理智，他们为了继续亲密无间下去，约好一起去北京，创造一个拥有彼此又更加美好的未来。然后，童话故事的结局一般，一个人去了北大，一个人去了清华，继续亲密着。

这是“听说”，因为故事有各种细节描述，还带着各种合理性和可行性，再加上人们的主观希望，这便流传开来。之后很多人，很多活在盔甲中的人，忽然听说有人卸下盔甲也打了个漂亮的胜仗，就从铁头盔里打开一条缝，看到维持和平的世界，看到云破日出的光束，便小心翼翼又迫不及待地卸下了沉重的盔甲。

“外面的世界很精彩”，情歌都是这样唱。不过我想，刚刚那个童话一样的故事之所以能被人津津乐道，恐怕是因为它稀少，然而越是稀少的东西，越是昂贵，不是卸下盔甲的人都能遇到的。

面对种种复杂又严峻的形势，我们这一代学生总是有无限的点子应对自如。

体育课上的队友总是搜集校花级人物的照片，每当他觉得学习找不到状态时，他就拿出照片，想象一下那个女生对他说

“加油”，这样就能小宇宙爆发，完全陷入最佳学习状态。

除了自我催眠，还有一种借助憧憬的办法。我的同桌就是这样，她最大的梦想就是能有一个聪明又好看的小孩，这就必须要求她有一个聪明又好看的丈夫，然而这样的孩子他爸总是集中在高等学府，这就要求她必须先考上一个高等学府才行。

一个小组的人围坐起来谈天说地，我说：“高三不恋爱又不会死。”结果另外有人马上反驳说：“不恋爱当然不会死，但是有了爱会活过来。”

前座的男生暗恋隔壁班的女生，总是暗自神伤，团支书实在看不下去，恨铁不成钢地说了一句：“你一个实验班的学生，总不能让别人教你高三不能恋爱吧！”

后座的女生幽怨地自言自语：“真想恋爱，这样才有精神支柱。”同桌却不以为然地说：“还精神支柱咧，算了吧，耽误时间又浪费精力。”

……

高三，十七岁。

两个的光影，彼此交错却全然不同。

上一届高三的百日冲刺大会上，听说有一个班主任对学生们说：“只有100天了，没恋爱的就算了吧，恋爱了的就千万别分手了。”

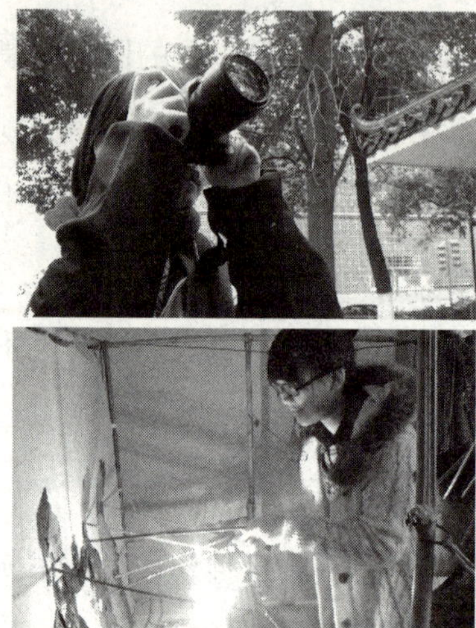

兄　妹

我们仅仅相差 11 个小时，可就是这短短的 11 小时，你是哥哥，我只能当妹妹。显然你赚大了，有我这样的妹妹你真是太幸运，但我也觉得一点都不吃亏。

在独生子女盛行的时代，多少人希望有个年纪相近的哥哥姐姐陪着，似乎有了这样的存在，天就不会塌。我却总说有个哥哥也不见得是多好的事，我不是身在福中不知福，我只是在想要炫耀但又要找到不想是在炫耀的方式，所以我总是说你坏话，告诉所有人我们总是吵架，可是依然叫别人羡慕，因为有你这样的哥哥，我有些得意，掩饰不住。

因为所有的兄妹都一样，三天一小吵，五天一大吵，但更多的时间，我们依赖彼此。只要你说“难过”，我就可以和你聊到忘记时间，给予你陪伴与鼓励。看着其他的兄妹都是哥哥照顾妹妹，我却纳闷为什么都是我在保护你？

可能是因为男生比女生成熟得晚，可能是我更擅言辞会说好听的话，可能是我能一眼识破你的逞强，所以我可以当你的避风港。可是就算你说不出好听的话哄我开心，你却总是在我需要的时候让我知道，我不是一个人，我有家人，无论我任性、偏执、懦弱、自以为是或者幼稚，你一直都在，家人一直都在。

你肯定还记得，初中的时候，我第一篇被老师拿来在全班念的文章写的是你，题目我都有些不好意思再提起，太过实在反而显得有些傻气——《我的大表哥》。虽说是小朋友笨拙的文字，但是因为说的都是发自肺腑的大实话，所以颇受好评，在全班公开之后，你的形象大大提升，我原本期待你会因此感谢我一番，结果没想到有你这样不知好歹的人，还怪我把生活琐屑都抖出来了，我当时气得脸都红了，憋着一肚子火，也只好在心里暗暗抱怨“早知道不写了！”可是群众的眼睛是雪亮的，那篇文章不仅让老师记住了我的文章，也让所有人知道了我们是兄妹，每天吵架可感情还是好得不得了的兄妹。

军训的时候，你被教官罚站，我在一旁幸灾乐祸还做着鬼脸，你白了我一眼，我还乐此不疲，你干脆不理我了，我才意识到，这下糟了，这小子是真生气了。不过我不担心，因为要你消气是最容易不过的事了。我总是时不时说要和你断绝血缘关系，其实都只是希望你先妥协。然而每次只要撂下这句话，你必定会先妥协。你当然知道我不会真的这么做，可是你都配合着幼稚的我。“断绝血缘关系”像是我们之前夸张但无比默契的暗号，暗示彼此想要和好。

一起度过童年的人，必然会有无数幼稚又搞笑的事，可我们也是一起成长的人，总要一起经历一些磨难才能叫我们更懂事。

爷爷病危的时候，你没告诉我。上课上到一半，后面同学拍拍我的肩小声问道："你哥怎么了？怎么哭了？"我还以为他跟我开玩笑，结果一回头，你真的哭了。我当时一懵，怎么可能？除非天要塌了，世界末日了，不然你是不可能哭的。可是我后来才知道，你的天真的要塌了。爷爷病危，已经进行了好几场手术。

我找同学悄悄换了座位，坐到了你旁边，张了张嘴想说些什么安慰你，可是所有的话都像卡在喉咙说不出口，看你泣不成声，我只好拍着你的背说："会好的，会好的。"我原本以为自己比你懂事多了，想起爷爷病重又看到你这么难过，我也忍不住哭了起来，后来变成我们俩兄妹在教室抱头大哭，引得不知情者满脑子问号。其他人理不理解哪有什么重要，我们懂彼此就好，给彼此安慰与陪伴就好。

后来，我们去了不同的高中。圣诞节还是要一起过的，我们一起去放孔明灯，你还记不记得你许了多傻的愿望，在我们都满怀斗志地写下希望能进梦想的学府或者拿下高分之类的愿望时，你却写下"我希望比陈曦先结婚"，我当时光顾着笑话你无聊都没管原因，后来我才知道，你希望你将来的小孩依然是我小孩的哥哥或者姐姐，这样像不像在“传递火炬”，我们两家人永远都是至亲。可是愿望越大越难实现，孔明灯怕是承载了太多愿望，缓慢地飞行后被树卡住，在我们都慌张得阵脚大乱之时，你一个箭步冲上前去，抓着那棵树拼命摇晃，孔明灯在树枝间挣扎了一番，终于不负众望地继续它的飞行。我们开心得欢呼雀跃，都忘了告诉你，当时觉得你前所未有的高大，颇有哥哥的担当。

我们之间有非凡的默契，这是一种别人难以理解的默契。只有我知道，你幼稚得像个孩子；只有我知道，你打羽毛球比打篮球更 Man；只有我知道，你难过时会睡不着；只有我知道，你有时候很傻，同样的恶作剧你被我骗过好几次；只有我知道，你不喜欢家人总是拿我们俩的成绩比较；只有我知道，你那么那么多的怪癖和缺点；只有我知道，你花钱请朋友吃大餐，却身无分文回来坑我；只有我知道，你赖床的时候雷打不动；只有我知道，你是我最铁的太郎一号；只有我知道，你不是真的男儿有泪不轻弹，只是未到伤心处。

因为我知道太多别人所不知道的你，他们不知道的好与不好，我都知道，所以才能有这样非比寻常的默契。

我们是兄妹，我们总是吵架，我们依赖彼此。

当我谈跑步时，我谈谈学习

我一直很佩服村上春树，不仅是因为他的文章，更是崇拜他几十年来每天坚持长跑，比起作家，马拉松运动员的身份更让我佩服。

因为长跑是我人生的一道坎。那种被村上春树描写成“感觉活着”的快感，我之前一直无法感同身受。看到成绩单上长跑那一栏有个不错的分数，这样才勉强能称之为一些些跑步带给我的快感。可是我知道，就算是让我念及就恨不得结束的长跑考试，该来的总是会来的。

我不是一个人在长跑，有大半的路程有人陪着。他们不是拽着我，也不是领着我，只是陪着我。告诉我不能停下，告诉我如何呼吸，他们喊加油的时候比我的表情还歇斯底里。最后冲刺时，我朝他们摆了摆手，之中一定有人看懂了我已经发不出声的口形，都停在了跑道边，让我一个人跑。他们陪我跑了太远了，期间一直要我别停，快一些，他们嘴唇的颜色也不比我红润。所以在最后的冲刺的时刻，我决定自己来，他们为我做得够多了，在崩溃的边缘我告诉自己要逼自己一把，并且如愿以偿地加速冲刺。

我说了我对长跑的恐惧，但没说，我很谢谢我的朋友们。那些陪我跑完全程的人，那些跳起来给我加油的人，没有他们我是真的坚持不到最后，我要谢谢他们。同时，我也要感谢自己，我知道，我要是不逼自己一把，我永远都不会知道我能跑多快。

我并不是第一次长跑，从初中开始就有无数次“不堪回首”的记忆。

好像，小时候的朋友永远知晓我目前最想要什么，长大后的朋友永远知道我现在该做什么。这其中的区别很微妙，前者会心疼我疲惫，在疲惫时会拍拍我的背说：“别委屈自己，不行了只要呼喊我们就能平安度过。”

后者会给以我现实，在消极时告诫我不进则退，在落后于我时，坚定地随我说：“陈曦，下次我一定超过你。”从来不给我松懈的机会。实不相瞒，他们这样的不留余地让我庆幸，懒惰是人的天性，可是他们总有办法让你摆脱常人的惰性。

所以我要感恩，那些打败我的或输给我的人，看轻我的人或青睐我的人。我的自信源于周围人群的信赖，自信心让我感受到前方的引力；我的自尊心总能在游手好闲后被血腥的差距唤醒，热血的豪言壮语谁不会，能做到的人其实也不少，但就是因为努力的人绝不在少数，自尊心让我深感身后的强大推力。

一位恩师曾告诉我，不是笨鸟也要先飞。在长郡这种人才辈出的学校，成绩萎靡却以“没有动真功夫”而掩饰自己落后于人为借口，这样的“自以为是论者”才最可悲。

我很少在一个人的时候还正面评价我的学校，因为在这里我吃了以前从未吃过的苦，忍了以前从未忍过的挫败，多多少少也幼稚地抱怨过。可是现在我不抱怨了，正因为我吃了以前从未吃过的苦，忍了以前从未忍过的挫败，正因为我知道以后还会有更多。我学会了如何战胜的方法，现在正在深究这个方法。我不怕万难，即使万难之后还有万难。

我听说学习是孤独的，但是在一个人埋头苦干的时候，我从未觉得孤独，就像长跑一样，双脚是自己的，但是我知道，我从来都不是一个人在战斗，大家都在奔跑，这一路上，我们从不孤独。

陈曦一直觉得自己还蛮了不起的，以前这么觉得，现在也是。不再是因为取得了丰功伟绩才这样，而是因为能与这些可以随时击溃我的人为伍，我觉得这样在学习的路上跑起来都更加令人兴奋。因为陈曦从来不是一蹶不振的人，反败为胜的过程比在商场逛街、电影院待整天更让我开心。

我当然爱玩，所以为了能更痛快地玩，我现在先痛并快乐着学习吧。不得不承认在我见证天道酬勤后，熬出的黑眼圈也让我觉得欣慰。

随波逐流并不是坏事，只要能够前进。

我说这话时，有人曾反驳说："那也只是在随波逐流的道路上前进。"我起初觉得他这话倒也有理有据，之后我才发现关键。在长郡的三年，我若真能咬牙挺过来，到达的地方必定是我理想的归属，所以才会当初头也不回地一头扎进来。

我借用周末闲暇的夜晚，才有闲情雅致在这写下如此长篇大论。我并没觉得时间有丝毫浪费，我现在极其理智且清醒，不再为了情绪宣泄写一些不切实际又情绪化的文艺论调或愤青腔调。

我现在手边是村上春树的《当我谈跑步时，我谈些什么》，里面我最喜欢的一句话是："奔跑是一种追求，想要赢，必须先学会输，这种事永远不能操之过急。"

奔跑不是振奋人心的标号，奔跑是生活。忠实地奔跑，忠实地活着，这是至上的生活态度。

当我谈跑步时，我最想谈的是学习。奔跑着学习，学习奔跑。

路不尽，人未老。趁着我年轻。时间偷不来，不识时宜地行乐只会成为我以后日子里的昂贵代价。我没有什么大智慧，但我得向我所学来的那些，能过日子的知识表示深深的感谢。

欠 缺

那是　潜意识里对陌生环境的抵触

太温暖的回忆将我拉扯　不愿再经历万难　与谁无言感动绝对炽热

我知道　人不可能回到过去　也不能永远活在梦里

我一直认定　随波逐流不是坏事　只要能够前进

而今　我做到了　我一直往前　我怎么会　怎么会那么想回到你们身边

我一个人走

我回不去了　即使梦见我们分离　沉睡中我哭醒过来　可是我回不去了

像慢性的毒　没有歇斯底里的情绪　是潜伏在每根神经里的伤

一点关联温度的气息　就会过敏　神经拉扯得疲乏崩溃病入膏肓

我曾说　不要有人代替我在你身边　更不要取代我的位置

可是　我不再这么希望了　我希望有个懂你的人爱你　你也可以像依赖我一样在那个人身边

你会戒掉那些跟我在一起养成的习惯　尽管那会让我很难过　甚至崩溃

回不到过去　回不到你身边　我一个人走

如果我们冗长的回忆让你疲惫　无力向前　我也不想让你忘了我　但你身边一定要有爱你的人

你要被照顾得好好的

你要吃热的饭和菜

你要一觉睡下去没有梦就直接醒来

你要天天手都暖暖的

你要穿干净舒服的衣服

你要带雨伞不再淋雨

你要提笔就灵感不断一直写下很多温暖的字

你要搭空空的公交车或出门就有的士等着

你要把自己照顾得好好的

我现在深知欠缺伴侣的苦痛　而我希望你是快乐的

因为　我爱你

你们是我最大的财富

我将潮来潮往的过往，拧干。

回忆，像极其缓慢、难以融化的糖。

经过时间的风干，还留着完整的香甜。

也许多年以后，我也会为了生计奔波，开始为积累财富担忧，但是我总要留下一些证据，证明现在的我是如此富有。就算枫叶已经染上了红色，催促着换季；就算夏末的白光赤足在地上做最后一次郊游，我也会一直是百万富翁，你们就是我最大的财富。

童年：进入血肉的时光

青梅竹马的夏威夷：想了很多词似乎都不够形容，你是我第一个朋友。这个定义很特殊，像是开了一扇窗，之后整个大世界都从这扇窗里投射进我的小世界。两岁的时候成为邻居，你搬来隔壁之前的记忆都几乎忘了，之后的日子因为有了一起无理取闹无法无天的伙伴，好像每一天都是记忆深刻的。每天 24 小时有 12 个小时跟你在一起，上同样的预科班、同样的幼儿园，连转学都是同时进行，我们同时学会自行车，同时学会游泳，一起用小霸王学习机打电动，一起爬山，一起摔跤，一起抓昆虫，玩“大富翁”的时候你总是要赖……可是你比我小，你一哭我就得让着你，因为是最好的朋友，我要照顾你，是你让我知道当“孩子王”不仅仅是过瘾，还让幼稚的我有了最初的责任感。

一起散步吧小迪迪：我们是一起庆祝过十周年的知己，今年是第十一年了。我记得你是我见过第一个收到玫瑰花的女生，你抱着大把玫瑰跟我肩并肩回家，那时候我们还只是身高刚过楼梯间扶手的小鬼，你不知道你那天更新了我的世界观；我记得我帮叛逆的你摘过耳钉，那天很冷，你的伤口发炎，我的手一直发抖，你索性自己摸索着利落地摘了下来，你不知道自此我留下了不敢帮别人摘耳钉的后遗症；我记得考试后我们一起吃辣萝卜惩罚自己的失误，我知道你犯过的所有错，更知道你比任何人都义无反顾，你只说我给你陪伴与鼓励，却不知道你教会我爱与勇敢，你已经变成了我成长的一部分，甚至是一个里程碑；我知道你的笑点所以总能逗你开心，每次走在半路上，你就笑到不行蹲在地上，你不知道那时候你真的像个小孩，虽然我们当时就是小孩。

心照不宣，无话不说，你是我最叛逆的朋友，却是我见过最单纯的人，我们彼此深知，彼此保护，一直这样存在，等以后的所有十年，我们都要一直这样存在。

拿同一支画笔的珂同学：你是班主任眼里最好看的小孩，每次都被选去举班牌或者站在排头。所以当我被换到跟你同桌的时候，我差点喜极而泣。我们在同一所小学待了六年，又在同一个画室每天待六小时，从速写到素描再到水彩，我们跟着我们的画作一起成长。不知道你现在上课还会不会一发言就像被火烧着了一样脸红，不知道还有没有人跟你玩我们以前玩的恶作剧，我好久没碰画笔了，可是我希望你能坚持，在你给我看你的习作的时候，你早就是我眼里最杰出的画家，我期待那一天，不只是我的眼里，而是所有赏画者都会因为你的作品而共鸣。

一起组团的李同学：我做过的傻事都有你的份，看侦探小说上瘾后还跟你和方同学一起组成三剑客团队，弄得每次署名都写“云游剑客”；去滑草还穿裙子，一下坡视线就完全被裙摆遮住，结果摔得不轻；去玩滑轮也不知道哪里来的勇气，根本不会还超速行驶，又是一次惨痛经历；为了跟你比谁更讲文明礼貌，硬要到处找人给别人让座，做好事还颇有孩子的霸道……跟你一起总是在丢脸，可是我回忆起来都是最快乐的时光。

让我无路可退的曹同学：我想我们一定是八字相克，不然

这一切都不会有合理的解释。在认识你之前，我妈从来不拿我和别的小孩比较，可是因为你太优秀，让我妈也忍不住对我说了一句："看看别人多优秀。"我根本不用"看看"，我早就知道你的所有天才事迹，比起嫉妒你，我更希望跟你并驾齐驱，天知道我在你身上有过多大的理想。我坦白说，我崇拜你，但是又不甘心只是崇拜你而已，所以我总是逼自己快一些前进，因为你速度太快，为了追上你，我根本没有时间逗留。谢谢你不留余地的优异，让我有了无限动力完善自己。

青春期：挂在半梦半醒之间

无可取代的白蘑菇：愿时光保持不变，让我爱你依然。如果一定要排名，你是我最好的朋友、知己、闺蜜、死党、家人，是"最"，没有"之一"。我们一起的日子是我一生最大的财富，当然以后我也会富裕下去。你在美国也要好好学习，不要因为我不在就偷懒，因为这是以我们好久不能相见作为代价的事，你要用行动证明是值得的。

你走之前留了一封信，我至今还记得你说"人心是肉长的，可是也有铁打的一面"，要不是一年后你终于哭着打电话给我，我还真的以为你坚强到可以用你瘦小的肩膀扛起所有负担，虽然你哭就会让我想哭，但是我还是庆幸你打了那个电话，好让我知道你的辛苦，你一个人承受了多少我真的难以感同身受，但是我愿意分担。你记不记得以前我们冷战，都是我先想尽办法道歉，和好的时候我激动得都快哭了，还幼稚地喊着“你终于回来了”，我现在也好想你快回来，但是我必须给你最正面的鼓励，因为我知道，我是你坚持下去的力气的最大来源，别说我自夸，你否认不来。

时间和距离都不会让我们的感情褪色，我从不发誓，这次例外。因为我可以举出一万个理由说明我为什么选择你是第一名，第一万零一个理由，因为你是你。

深信不疑的崽崽：你问过我，如果到了三十岁四十岁，我还敢不敢当着众人面叫你崽。我完全肯定地说，这有什么不敢，等我老掉牙了，我照样叫你崽。你也豪爽地应：“那我就叫你一辈子娘。”你还记不记得，我们教室刚搬到第二教学楼的时候，我跟你同桌，我那天过敏，全身奇痒无比，我挠啊挠，越挠越红。结果你跟烧卖商量好，一人按住我一只手，按了整整一个下午，就为了不让我情不自禁地去挠，痒得我只好不停地跺脚，尽管你们煞费苦心按住我，可惜最后我还是进了医院……但是那天我很开心，被人关心始终是一件值得庆幸的事。应该是在这件事之后吧，你成了我最亲密的朋友。

幸好我们上了同一所高中，学校刚开始组织惨绝人寰的冬季长跑，平时跑个 800 米都会丢掉半条命的我，面对每天 1500 米的强度，我血都快吐了一缸。刚开始接受这个强度的训练的时候，我真是上气不接下气，跑完你就来看看我是不是还活着，我在眼冒金星的状况下，总是听到“娘，你还好吧？”“娘，你没事吧？”晚上你还给我发短信说，看着我嘴唇发白，好心痛。我看了真是大笑不止，好像是那种古装片里的老母亲要死了，她的儿子跪在床前哭喊“娘，你不要死”。我猜你现在恨不得磨灭这一段无比幼稚的记忆，不过这也是我最珍惜的记忆，尽管你那时候还是个矫情鬼，我却是真被你感动了。

还记得高一主持人大赛，你跷了课来看我比赛，你还帮我在台下拉票。比赛最后宣布冠军是陈曦的时候，我们班那一块全都跳起来了，我当时还在担心会在台上哭出来，却在另一片区域里，看到一个穿着玫红色短袖的人也跳了起来，用极其蹩脚的方式庆祝，双手举到头上拍手又挥手，还欢呼。你不是最怕丢脸了吗？你不是觉得大庭广众这样的举动是极其丢脸的吗？可是你还是这样做了。我知道你是打心眼里为我高兴的，你那天的那件玫红色的衣服真是穿对了，让我可以在一堆人里一眼找到你，让我很安心。

还记不记得我们那次去电影院，本来我是想看《精武风云》，结果看完好多广告之后，发现银幕上出现了武则天，我还斩钉截铁地跟你说：“这广告真长啊。”结果发现十分钟过去了，不但没有陈真的影子，武则天还依旧活跃着，我问你我们是不是走错大厅了，结果你淡定地回了句：“不，是我们买错票了。”我真是发现我跟你一起就会变傻，不过我们地理老师说，玩的时候就是要当傻子才比较开心。换而言之,我只要跟你在一起,就会很开心。可是自从你住院以后，我就再也没有去过电影院了，你发信息问我在干吗，我说在看电影，你就回“你现在只能把电影下在电脑里自己看了，寂寞吗？”我听了这话真想扇你，可这是真的，没有你的假期和学期，没意思。

你住院的时候，我刚开始总说你要快点回来，我等着你。现在我只想你养好病，我想过我们一起去马场骑马，一起在学校踢足球，一起去瑞士滑雪，再一起在校运会上你跑步我加油。就算现在我想的这些，都很难实现了，不过我们都不用伤心，这个世界这么大，我们能一起做的事情实在还有太多。

以上是我在你住院的第四个月写给你的部分留言，因为我觉得那些超棒的回忆可以支撑你度过所有难关，让你知道不管前面有多少困难，我们都不会让你一个人战斗，就算万难之后还有万难，我们也都可以一起度过。深信不疑不是轻易可以说出的话，但是如果你反对万有引力，我可以去跟牛顿辩论，不是我感情用事，是因为我了解你，我相信你，并且深信不疑。

爱哭又了不起的豆子：你是我第一个亲耳听到的娃娃音，你就像你的声音一样又甜又萌，像个儿童版的芭比娃娃。但如果你仅仅只是温室里的小公主，你一定不会像现在一样是我牵心的朋友，因为你有坚定的理想，并且有非凡的毅力和骨气，为了梦想奋斗的勇气。在你面前，我永远像个姐姐一样给予你陪伴和鼓励，可是你不知道你给我的支持和力量更多，从你拉着我跑完长跑一直不让我放弃的时候起，从你有些不好意思但又坚定地告诉我你要去常青藤读书的时候，我就知道，你是我的良师，我的益友。

无比感性的糯米：我记得那时候你坐在我后座，我写了一本厚厚的日记，无处倾诉让我憋得慌，我也解释不了为什么就心甘情愿跟你分享，这可能是一种暗合，奇迹的一种。分享所有的喜怒哀乐，分享所有的时光。我知道你一定记得，我在你生日的时候念了一封信，唱了一首歌，之后我们抱在一团哭得一塌糊涂。因为你说那是你最美好的生日，一辈子珍惜，我当时只是流着眼泪傻笑，忘了告诉你，我也是，我不止记得那年生日，不止记得那一首歌，我记得所有我们一起哭一起笑的日子。

让人安心的耳朵徒弟：我有时候在想，你身体里面是不是有小宇宙，像是永远有用不完的力量。我们一起压马路，我们一起包下整个包厢唱歌唱得喉咙嘶哑，你说只要我一个电话你就随时赶到，你说你只听师父的。我在写下这些话的时候，你画的油画挂在我正对面的墙上，你说你当时是被毕加索上身才能画得这么好，我光顾着开心忘了告诉你，我比谁都希望你能画出你自己，不是另一个毕加索，而是第一个你。说来惭愧，我教给你的太少，可是这么多年你一直叫我师父，也把我当最亲密的人对待。幸好有你这个坚强的后盾，以后的时间那么长，我学会的都会毫不保留地教给你，也在你身上学到更多。

最会生活的转转：我只要想到你就可以听到你的声音，你在耳边叫我“×”的声音。我只要想到你就可以想起你说的笑话，让我笑到直接坐在马路上没力气继续走下去。我只要一想到你，就想起我们“四人帮”在一起的精彩生活。我只要一想到你，我就想起我们谈天说地，掏心掏肺的样子。我只要一想到你，我就可以看到你整整齐齐的物品，和你当时帮我整理的房间。我只要一想到你，就会忍不住笑起来，不是搞笑，是你讨我欢心。

总是被我欺负的烧卖同学：我偶尔会有这样的困扰，如果我活过两百岁怎么办？因为跟你同桌，你的非凡幽默感让我长寿了一百年，只是后来又因为频繁的争执怄气减寿九十年，这样算起来跟你同桌是我赚了。我总是欺负你，因为我有把握你不会真的生我气，因为你是最亲近的人。你总是叫我“暴君”，叫我“嬴政”，你说我对所有人温和又体贴，唯独对你无理取闹，我也解释不清为什么总是欺负你，可能我就是典型的欺软怕硬，因为我知道我就算撒野我也不会失去，大概是因为你我才了解“打不跑的友情”，“越吵越坚固的友谊”。

心照不宣的阿二同学：谢谢一起逃过的课，谢谢一起压过的马路，谢谢给我擦眼泪的纸巾，谢谢搭过的公交，谢谢解我心忧的言语，谢谢让我安睡的枕头，谢谢一起耽误的青春。谢谢你耽误我，也谢谢你甘心被我耽误，谢谢我们还是最好的朋友，不然我的记忆会缺少意义，谢谢时光，谢谢有你。

每天一起回家的小谭同学：我不早恋有一大半的功劳在你，还记不记得我们一起掐好时间演的戏，还记不记得送我回家时走的路，还记不记得你每天在 142 路上说着开心与不开心的事，有了你哪里还需要什么男生哄我开心送我回家。因为你，我开始学会设身处地，开始学会聆听，你永远有聊不完又吸引人的话题，你永远有办法让我回家的时候总是开心。我们不仅仅是车友，我们是知心又牵心的密友。因为你，我开始期待放学，因为你在等我一起回家。

最蓝颜最合拍的覃同学：有生之年，欣喜相逢。这是我最喜欢的话，可是我只对你一个人说过。徒弟徒弟徒弟，你还记不记得这个暗号叫“三生有幸”；晕开的晚霞，你还记不记得我们叫它“打翻在天空的葡萄酒”；72 小时像私奔一样的旅行，你还记不记得高铁和双人自行车的速度差；一语双关闹出的笑话，你还记不记得记在本子上的同一个笑点；人字旁和左耳旁，你还记不记得这是我们的最佳默契；“To be lost in our lives”，你还记不记得等在十二楼之下的花；“你是我的港湾”，你还记不记得我在

NO.92 的明信片上写“酒逢知己千杯少，我干杯，你随意”。

我们之间的回忆太多，我说不完可是都记得，因为最合拍的默契没那么容易。庆幸我在你年少的时候结识了你，庆幸有过一整片种满年轻的净土，你做什么我都理解你，跟宽容无关，因为你带给我的快乐太多太多，足够抵一张免死金牌。

一起当过文青的左同学：谁没有一段玩着空虚文艺腔调的时光，你就是跟我一起文艺，并且陪我文艺到底的人。我记得的车站和图书馆都是有你在时候的样子，在我有限的岁月里，夏天的记忆属于你。所有的开心不开心都可以说给你听，你总有办法安慰我，你总有办法了解我。所以我从来不担心这个世界上没人懂我，因为至少还有你。我一直在揣测，我们能凭借浪漫主义的记忆在匆忙时代里维持坚定友情的原因，是因为我们是改变彼此的人。我一直自居把你从自闭中带出来，后来我才知道，也是你把我从浮夸和躁动中解救出来。比起我给你的，你给我的更多，时光给我们的最多，教会我们如何成长与生活。

进化论：我的少年和年少

陪我度过漫长岁月的鸡蛋：原来是你，原来早在我们成为天衣无缝的闺蜜之前，我们就已经是相识十多年的老友。我喜欢跟你躺在床上谈天说地，说从前，说现在，说未来。我喜欢欺负

你，因为你是巨型萝莉，单纯又可爱，可是我却受不了别人欺负你，我不能让你受一点点委屈，也是因为你在我眼里就是个小孩。我喜欢你认真的时候瞬间长大成人，你不知道你认真的时候眼神里住着光源。我希望你永远天真，因为这样你就有改变世界的力量，至少你已经改变了我。我希望你永远像个小孩，可以依赖，需要的时候你只要叫我的名字，其他的交给我。

结拜兄弟一样的夏同学：我开玩笑说过，我要是永远跟你不熟就好了，这样你就可以在我心中永远维持着田径场上潇洒的运动员形象，我也可以在你心里维持无比温柔和善的少女形象。可是自从我们结为兄弟姐妹，你高大的形象被你的无厘头和幼稚击垮，我崇高的形象也因为我的霸道和低笑点崩塌。但是，要是真的可以重新选，我一定还是毫不犹豫地跟你结拜，因为可以有人永远站在自己这边，因为有可以每一秒合拍说出完全一样的话的默契，因为有同样的笑点和爱好，这些都是多值得庆祝的事，而跟你成为最好的朋友就是我最值得庆祝的事。

不仅是队友和饭友的Children：你的频道跟大多数地球人不同。跟你一起的时候，我的耳边总是有人有濒临破音地喊我“Chasing！”而且总是满身大汗，唱着永远不着调的歌，把无厘头找不到笑点的新闻当做笑话，追着影子踩也可以像中乐透一样开心，更要谢谢Children妈妈，让我可以每天吃到超五星级大饭店的佳肴。“我们去踢足球吧”、“我们去游泳吧”、“我们去吃饭吧”，因为你跟大多数的地球人不同，我在猜，你身体里是不是住着一位超级赛亚人，不然你怎么会跟万有引力无关，你从不给人负担，跟你一起永远轻松又愉快。

无理取闹又讨喜的虫虫：我的头发真的会变得越来越少，可是我不担心，因为你说就算我从“曦毛”变成“稀毛”你也会一直在我身边。你总是无理取闹，如果那个人不是你，我早就翻脸，可是你一个无辜的眼神就让我们无条件投降，还继续陪你一起胡闹，一起夜游，一起丢脸，一起哭一起笑。我没有告诉你每一张留下的小纸条我都留着，因为我也在害怕，怕变成懂事的大人之后不会再做这么小清新的事，更不会有这样闹心又牵心的朋友。每一段青春都会苍老，我们总会变成我们期望或者失望的大人，你寄予我的四个厚望让我倍感压力，只有最后“Always be your friend”这一点，我可以做到，尽管我知道这也不是轻而易举的事，我们只好更加努力推翻“天下没有不散的宴席”这一凄苦说法。无理取闹却无可取代的朋友，还有一件事我一直想谢谢你，谢谢你在我说完每个笑话之后都笑得天翻地覆，虽然是这么小的事，可是对于我意义非凡。

就在我隔壁房间的蕾同学：你说全世界你就心甘情愿叫我一个人“姐姐”，你说全世界的好朋友里只有我没有跟你吵过架。我们跟其他人不同，我们是名副其实的朝夕相处，所以太广的接触面总会有摩擦的地方，而我也没有那么好，我知道当我以为自己在包容你的时候，你也在为我做了巨大的让步，所以我们才能一直这样比凡人更好地相处。你需要的时候随时叫我，你只管告诉姐姐你有什么开心难过。谢谢你，我的妹妹，谢谢对我的照顾，谢谢时光让我们一起成长。

已经不再对我绅士的戴同学：刚认识你的时候，我真觉得你就是个绅士，这是我从种种细节中观察得出的。可是后来，说到这里我不禁想叹息，自从成为你的好兄弟之后，去图书馆你连门都不帮我开了，还天天记仇，我恶作剧拿你手机发了一条短信，你活生生拿我手机发了三条才算报仇，不肯多吃一点亏。在学校我们总是互相拆台，你刚夸完自己我就说你“无耻”，以诋毁对方为目的，互取创意外号。虽然这样我也损失不少，不过谢谢你这样不客气地对我，因为朋友之间不用官方的客套，在你面前我不需要伪装，不必担心姿态，完全自在的相处。当然我们是兄弟，你依然是众人眼里的绅士。

全方位无死角的陈同学：每次体育课踢足球我都想跟你分在同一个队，因为这样即使我反应迟钝，我们队也可以赢；每次唱歌我都会心甘情愿放弃麦霸的位置，把麦克风让给你，当一次听众，当一次歌迷；每次出门不管是去放风筝还是坐船还是骑自行车，我都不担心无趣，因为你有堪比憨豆的幽默感。全方位无死角，多亏我聪明能想到这么贴切的词，但公私分明是原则问题，别忘了我们的合约，就算是朋友也不能违约，你要造福经济市场，陈曦大导演的电影等着你的合作。

让我开心让我知心的速度蓉妹：我们的交流方式也许可以去试试申请吉尼斯，很可能是最恶搞的对话。难得有机会正常寒暄，不过三句就会忍不住自己拆台。在我写到这里的时候，你刚好发信息给我，说“二爷！我想你啦！”，不知道是什么默契让你抓准时机下手，让我没办法对你说狠话。你总是让我束手无策，你总是有办法让我笑到五脏六腑都抽搐，但是只要是听你说一些正经话我就会坦诚相待，心照不宣，不管是你的搞笑回忆还是琐屑心事，谢谢你让我笑得没心没肺，又听我诉苦从不抱怨。可能是因为我们是来自同一颗星球的人吧，所以才会这么合拍。我们之间从来不矫情，不过我现在要矫情你一句，你别嫌弃，我只说一次，我多喜欢你。好吧，我说完了，你是批斗我还是也温馨地回应我，我都有心理准备，反正这才是我们的交流方式。

惹人爱又气死人的曦帮肖小弟：你总是一次又一次挑战我的笑点和底限，并且是两者同时进行，常人被你这么折腾迟早精神分裂，可是我都是在笑。你还纳闷地问过我，为什么我从来不生气。说实话我也解释不明白，也许是因为我情绪变换的原则是

“因人而异”。因为我是你老大，照顾小弟是应该的。你说我长得像县长大人或者怪我说话腻歪，更甚是送我那件可怕的睡衣，这些事都是可以让我大笑的事；一个眼神就懂彼此相同的价值观，一个击掌就显示出的默契，两个笑点诡异又投机的名“曦”文科生，这些更是让我开怀的事，都是因为你才有这样的待遇，这是我的原则问题。

比歌声更让人爱的战友帝：我的新年是在你的歌声中到来的，旧年的最后一分钟你打来了电话，唱着你的最新创作，我拿着手机听着你的声音一直傻笑；我的艰苦奋斗期是在你的陪伴与监督下度过的，熬夜学习之后还能有你送来贴心的咖啡，这是最佳战友的待遇；我的圣诞节只剩下几个小时的记忆，那场比赛我们就完全从陌生到熟悉，我成了你的铁杆歌迷，你成了我的牵心朋友。你定义我是“好好小姐”，其实你也是，在这一点上我们很像，我害怕失去，我不想失去任何一个人，我可以和全世界握手，但不知道如果真是如此，我会不会有我以为的这么开心，这种感觉我想你也懂。我在猜你会是因为什么原因成为好好先生。

我们是一起比赛拿下第一的伙伴，我们是一起熬夜学习的战友，我们是无话不说的朋友。你的创作赢得了多少人气，可是比起能一直听你的歌，认识真实的你更让我觉得幸运；比起你的万千铁杆歌迷，能被你同样珍视的我更加幸运。

我把青春献给你

前几日拜读了冯小刚的《我把青春献给你》，他“混沌”地把青春献给了电影，从端茶递水到每逢贺岁就不可或缺的大导，以青春为薪木燃烧出梦想的样子。

这样的交易固然令人向往，可并非所有人都能如此被眷顾。

《草莓百分百》开篇就提问众人：青春是什么？

“这问题得分谁来答。老太太说青春就是她小时候，小孩子说青春就是再过些日子。”

“这种感觉已经记不得了。”

“逃课。”

“谈恋爱。”

“长生不老。”

“无怨无恨。”

“收集一万个易拉罐，当国家主席！“

“是一种阅历吧。”

“花出去的钱。”

“碰撞。”

“十七岁的脸。”

“阳光灿烂的日子。”

“青春就是昏睡啊。”

“我觉得像我的话就是耽误。”

“在路上。”

“我觉得我们谁都没有死在十七岁，谁都没有资格说疯狂。”

“全是泪啊。”

那么你呢？你的青春是什么模样？酸甜苦辣咸，高矮胖瘦，哪一种是你的青春？我泛着形状不明的小船到这小湖泊，或者河流，或者海洋里，打捞起正新鲜的记忆，我想正值新鲜就捞上来让我记住它的样子，怕日子久了变了质失了原本的样貌，找不到青春的凭据。

我把回忆晾在白光下，看到以前总是买比自己身高大上好几码的肥大校服；看到雨天踩湿的裤脚；看到争执时涨红的脸；看到冷静后迫不及待发出去的短信，连声说着对不起，你是我最好的朋友；看到按钮已经褪色的 MP3；看到老师带读时一张一合的嘴唇；看到因为放烟花被烧出一个小洞的棉衣；看到握笔右手中指与无名指间磨出的茧；看见酷暑下冒着白烟的冰棍；看见用麻花砌成的小房子；看见网络游戏里的魔法师；看见站在考试排名榜前写满焦虑的双眼；看见因为汗水而结出一道道白色小块的运动衫；看见体育课上总也踢不正的足球和沾满草的球鞋；看见省下零用钱买下的演唱会门票；看见堆成小山的练习册；看见和死党买的一模一样的上衣；看见集成小册的电影票；看见擦过眼泪鼻涕被扔进垃圾桶的卫生纸；看见街边的盒饭和昏睡的下午；看见在风景名胜、旅游景点前的各种傻造型；看见卡夫卡照片里他的倔强；看见同桌写得一手比我好看的字；看见上学乘坐的拥挤的公交车；看见作满标记的世界地图……关于青春的话剧表演，剧情早就记不清了，只记得一排穿白衣的人对一个少女喊着："不许做梦！不许做梦！"

时间过了大约6000天，非得要告别许多从前，长长的路还有几千几万公里远，还需要多少加仑清澈的水，才能换回过程中的眼泪，对于未来的路还是一知半解。

在初中的课本里，记得雨果曾用过"不可名状"一词，我想这应该是我当下能提供的对青春的描述。我有信心，再过些日子我能找出更确切、更漂亮的词汇；再久一点，也许能写下值得赞叹的句子。然而这些我都留给"以后"了，我以青春为资本正挥霍着。

梦想或者温饱之类的，就像无底洞，我将青春扔进去，它们留给我一些回忆作为种子，告诉我，用心种植、培养，日后定能长成树、开出花。

思考深浅

思考者，那座沉默如谜的雕像，他一直坐在那里，临危不惧、宠辱不惊，思考着、沉思着。尽管人们无法读懂他究竟在思考着什么，但还是根据作者经历及时代背景等赋予了他无限意义。

可有人说："人类一思考，上帝就会发笑。"

笑什么？笑我们思考的问题太浅？还是笑我们的程度太浅？

然而，人们从未因害怕嘲笑而停止过思考。思考是一个由浅入深的过程。哲学家是"爱智之人"（philosopher）而非"智者"（sophist）。他们也是从起点开始，不畏嘲笑，甚至冒着生命危险思考着、摸索着，即使每次都只挪动一小步，可当人类学会思考并且勇于思考时，就会带来文明与进步质的飞跃。

牛顿是如何发现万有引力的？一切都源于那个看似肤浅无比的疑问：苹果为什么往下掉？从这个"肤浅"的问题渐渐深入思考、探索，人们才惊喜地发现这后面蕴藏着深不见底的海洋。

这神秘而令人向往的深海吸引更多的人来到海边，正是因为潮汐来回形成的浅水滩，使人们向着这更深处寻觅。

而思考就形成了人们寻觅时握在手中的隐形线，线的这一头是“浅”，线的那一头是“深”。

可惜不是所有人都有循着思考之线索前行的勇气，一次否定，一次无果，一次艰辛，这都成了他们思考路上的拦路石，他们愁眉苦脸地望着石头，然后放下了手中的线，原路返回。所以只有停留在“浅”的那一头，而不敢奢望自己也能有企及“深”的那天。

“人类一思考，上帝就会发笑。”

那就让他笑好了，我们也绝不能因此停止思考。当我们从“浅”而企及“深”，上帝的笑也定会是欣慰的笑。这大概就是思考者备受推崇的原因之一，因为他坚持着思考应验了那句——我思故我在，无论他思考的问题之深浅，他的存在都有了非凡的意义。

第二辑

氧气生活

梦开始的地方

旅行就是生活。

——题记

有人说梦应是柔滑圆润，应是冒着气泡的。但当我呼吸到这里的第一口空气，我便知晓了，哥本哈根的梦是一个跑道，起点在终点上，我在途中，我在路上。

行走，行走，关于爱。

隔着厄勒海峡和瑞典马尔默遥遥想望，在丹麦西兰岛之东，小小的渔村在安徒生的城堡里沉睡，又在海森堡和皮尔的回忆里醒来，最终在人鱼的眼泪中甘愿化为一堆泡沫。

海的女儿，别在磐石上苦苦守望，你明明知道再多的等待也只是空白，而我也了解，在你心中，再多的空白也不能将他掩埋。天空中流动着纯度很高的云，你的单纯自成一个世界，而你的悲伤是否像你身后那片无垠的大海一样深邃。

你赌上毁灭相信真爱会永远，只为一个为爱付出的机会，而你连道别都没有人听见，黎明后随浪花凋谢。你的泪，一抹无邪。他身边是谁，消失前你是否后悔？感情太难以学会了吧，你小心呵护的一切随泡沫碎裂，只剩童话里忧伤的一页。

行走，行走过一片海，一页忧伤，一首人鱼的歌。

徜徉在哥本哈根的街头，我透过时间的彩绘玻璃窗看到国王在克里斯钦城堡里摆弄他的新衣，大臣们纷纷点头迫切地想证明自己有多么聪明，那个样子真是愚蠢滑稽。人们戴起形形色色的面具,兴高采烈的欣赏着皇帝的新衣。所有人都在赞美，真是不可思议；所有人都相信，谎言也变成真理；全世界都同意，只有一个孩子怀疑，在这巨大的声浪里，国王硬起头皮，他该怎样中断这盛大的巡礼，停下不可理喻的贪欲与愚昧。

这是可笑的骗局，还是人性的悲剧？那毕竟是如此久远的事了，宫殿早已不再富丽堂皇，威武的士兵也被如今这位正在打盹的看门老先生取代。这里依旧阳光明媚，而我们何时才能拥有正视镜子里的自己的勇气。

行走，行走过交织着童话与谎言的大街，充斥着活力和死寂的宫殿。

我寻着钟声走去，当我的视线与这105米高的钟楼切出仰角，我的梦便开始了。我依稀看见奥尔森手中的铅笔不断来回，勾勒出他梦境中那座天文钟，这繁复又精巧的钟耗尽了奥尔森四十年的梦魇。他醒来又睡去，他在我耳边低语，呢喃地告诉我，一个星期有七天，也有七个梦。

行走，行走过哥本哈根，如走过一幅油画，经历一场长长的梦。

哥本哈根的天空被染上了梦的颜色，光透过梦的彩云散落在斯特洛伊艾街上，那种颜色美好得难以言喻。画家执笔坐在街边，从清晨待到黄昏，他终于叹了一口气，他想定格的瞬间太多，而哥本哈根的每个瞬间都不能被定格，它的美从不为任何人稍作停留。画家永远画不出他亲眼所见的一切，只好在画布上涂满了灰色，在日落的地方抹一笔锌钛白。

行走，行走过尽情装扮自己的斯特洛伊艾，踩碎一地七彩的光。

哥本哈根，这个写进历史却永远不老的城市，这个沉沉睡去却流光溢彩的城市，此时，它又随梦安眠，下次醒来，又是新的起点。

旅行就是生活，我行走在途中，我行走在路上。我在哥本哈根，经历一场梦，过了一生。

了不起的画笔

画作尚未完成，劣质画纸因承受过量颜色而起皱。我在老师家上着不太专业的小课 从前那个每天七小时的画室我已经两年没有去。 这张待续的莫奈后花园已经花了六个星期，足够耗尽热情。

听到麦克林的 Vincent，很低地唱 Starry starry night，我才消弭余怨并且承认，引以为豪的黄金右手已经没那么中用。

星夜是我画的第一张色彩，我的油画课已经修完，始终觉得右手对油画笔的亲切感多过碳笔，可惜我缺席画鸢尾花的那几堂课，为了准备一场考试。没来得及把凡·高的笔触学来，毕竟是糅杂了各国油画和工笔画风格的人，以为可以略学一二却始终难以企及。也没能临摹出莫奈的色彩，自以为热爱油画的人却因为一个月还没能有成品而想放弃，我这样的习画者说崇拜莫奈都于心有愧。

也许没机会了呢。

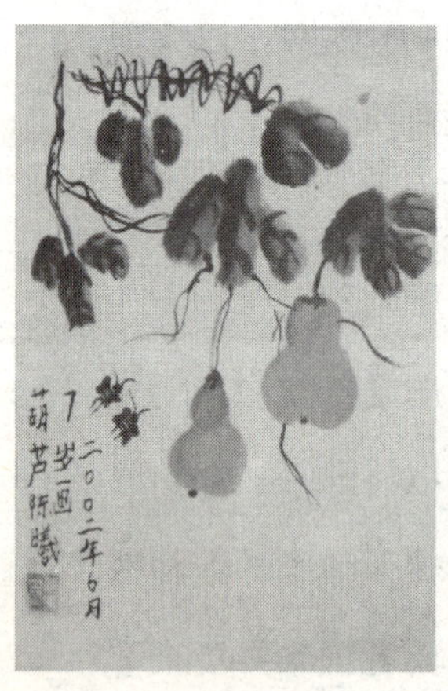
葫芦陈曦
7岁画
二〇〇二年6月

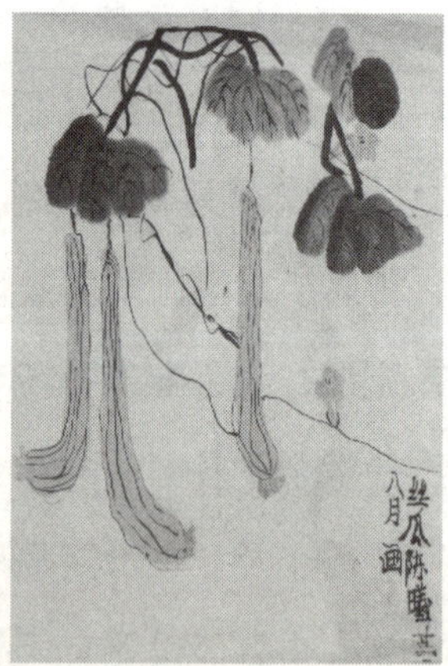
丝瓜陈曦
八月画

越来越多的人为了所谓名牌大学而学美术，却说不出高更属于哪个画派，也不知道欧仁布丹的门徒是谁，热衷不说，甚至视画笔为降分工具。

不是讽刺，我只是羡慕。

美术只能以嗜好的身份暂且停在我的作息时间里，而这种不能让我顺应高考时代的嗜好不知道还能撑多久。

也许没有机会了。

参赛作品只能翻从前的抽屉找出成品，再也没有机会画谁的莲池、海岸或少妇。

遗憾像什么？

像长在我手心的痣，只有我自己知道它的位置和浮现的过程。

一次活动中，老师让我报名的艺术加分项目，我填的美术，他却叫我改，说本意是让我填写主持或朗诵。

如今我已没有办法理直气壮地说出对美术的热爱，当我直面一房间齐全的画具，我甚至羞愧。

我有很多作业，不久有考试，我的时间以学习的名义挥霍着。

最尴尬的是，若我铁了心画一幅什么，没时间成不了借口。只是我搁置太久的画笔和不再炙热的情绪，太重。

看到背着画板随意找个赏心悦目的地方坐下，开始刨起木屑香气的人，徒有慕渔情。

还能绘画着的人们，定要珍惜，你们有我渴慕的才华和财富。

我不想放下笔，即使会有长期的不见，即使再拿笔时已有生疏笨拙。我的黄金右手握画笔时的样子最让我觉得安心安全。

我的江湖被暂且镣铐，目前只有随波逐流能让我安稳抵达该去的地方。孵出来一粒小小的盼望，不必拿到市场喊得歇斯底里求售。

凡·高在《星夜》明信片写下可以冻结颜料的话，在绕了半个地球后进了精神病院，只有回到画布前。

只要回到画布前，拿起了不起的画笔。

给我一些时间和空间，不，还是让我自己去争取。好让我有机会在绕了一大圈后，再次，拿起了不起的画笔，成为最初最想做的自己。

牵牛花

蛙戏图

雨 柔

是谁 赋予了你一个如此轻柔的名

让你倾倒无数旅人

用一生的虔诚为你 守口如瓶

让你在寂寥的雨夜 骚动诗人怅惘的乡愁

为你写下千千万万 哭泣的诗

在你经过之后

天空染上恣肆的蓝

空气酝酿着淡薄的青草香

池水柔情地泛起了涟漪

城市也因你褪去坚硬的表情

你轻快地游戏

你缓慢地练习

你一个人演奏重复的舞曲

你的温柔不为谁停留

而我只愿为你 在白纸上种植万语千言

留下来做一件不灭的印记

好让 好让那些

不相识的人也能听见

窗外那时 正落着细细的 细细的雨

暗　合

一点也没有变，no.92 的店主还是跟那时候一样懒得要命，我推门上楼，他并没有认出我们。

我找了靠窗的位置坐下，他扶了扶眼镜笑笑说："咖啡师还没到，我也还没来得及打扫，要不你等一下？"我当时没忍住就笑了，真的一点都没有变，no.92 没变，他也是。

他又看看手表问："吃饭了吧，我们店没有主食。"

我果断回应："我知道。"

他拿来了水，还是和以前一样的玻璃杯，他坐下又问："你们不是本地人吧。"

我笑得有些忘形："土生土长长沙人。"他不好意思地笑笑，解释说我口音不太像。

我酝酿了很久才说："其实我以前来的时候你也这样说，那时候你也没有打扫，不过我们当时还小，你居然还要我们帮你打扫。"

他抬起头恍然大悟一般："是你啊！"他换了语气，老友一般，"你们那时候来还是一群小鬼，现在都认不出你了。"

我也笑，说是我老了，褪去浮夸了。

他想了想："是一年前吧，你来的时候。"

我还是笑，没有说话。因为他忘了，是两年。

在这两年里，他发来两条"Merry X-mas"的祝福短信，也发来信息来说店里进了意大利的玩偶，邀请我们有时间来玩。每次经过这里我都会想起。

可是毕竟我两年没有来过了，我已经弄丢了他的号码，跟着我的手机一起落在车上找不回来了。因为没有把握也没有办法确认他是不是还记得我，所以才一直没有回来吧。以前叫我们"小鬼"的人现在怕是已经认不出我们了，可是他是记得的，这种被人记得的感觉真的很好。

他开了音乐，还是没有变的 light，墙上多了明信片和 the beatles 的黑胶唱片，书架换了新书也放上了老爷车模型。

我把墙上的明信片一一看过，早就换了内容，两年前我们留下一张以大海为背景的明信片，用浮夸的字写下"人生需要潇洒走一回"。这次，我们只是看看别人留下的，没有打算写，写小资小清新的留言需要情绪，情绪现在当然有，只是觉得在熟悉的地方，留言不是显得生疏了吗？

我还是拿了那本《莲花》，在浮夸的咖啡馆适合看浮夸的书，“浮夸”不是贬义，是觉得贴切。no.92 又像是想起什么，说：“你们还是喜欢这么早来啊，你上次来店里刚好装修，今天也是。”

他说罢，顿了一会：“这也算是一种暗合吧。”

我没有回答什么，只是小声重复了一遍：“嗯，暗合。”

我和朋友们相视一笑，他也笑。下一次来不知道又是什么时候，说不定又得再说一次我们帮他打扫过的事件，他才能想起，不过没关系，因为有暗合。

我们会再来的，因了这暗合。

把现实告诉梦境

那些赤裸裸的现实，要怎么向梦境解释？

电影里让人感动得不可开交的对白，经常出现在梦里，然后居然就相信了，相信了这种童话般脆弱荒谬的心情。

但为什么，在生活中若真的听到了这样又戏剧又矫情的对白，心里还是会冒出一股酸意。

之后在戏剧的最终话里找到了答案，落幕时屏幕上那一行醒目的字："本故事纯属虚构"。

那些让人泪流满面的画面纯属虚构。

这很好地答复了我的疑问。

果然还是不同的，现实和梦境。

不过，我从不缺少"感动"这样的情绪。

有太多太多的情节，让我笑，让我哭；教会我，什么是爱。

即使那些惊天动地的不曾出现，那些缠绕在心房的也不会离开，以藤蔓的方式，茂盛地生长，被绿树包围的，如眼泪般潮湿的回忆，一直都在。

而那些是无论日剧或者梦境，都代替不了的情绪。

并不是没有埋怨过，现实让人受伤，真心悲剧收场。

梦想被现实推挤，变了形。关于这个，有人做了这样抽象的描述：

“梦想是美国旧街区的围墙。

绚烂地涂鸦。然后再轰隆一声推倒。万人践踏。”

很多人信以为真，选择了放弃，自嘲地说：“信念？现实得那么荒唐。”

梦想，于是被唾弃。

当我看到那些对理想冷嘲热讽的嘴脸，我觉得世界也真是丑恶。

但我庆幸，怀揣梦想的人们依旧存在，他们一直执著追求而且越挫越奋、越挫越勇。

如果梦想没被现实大海的浪，冷冷拍下，又怎会懂得，执著的人拥有隐形翅膀。

于是，那些麻木，包裹成厚厚的茧一样的心脏，被明亮的

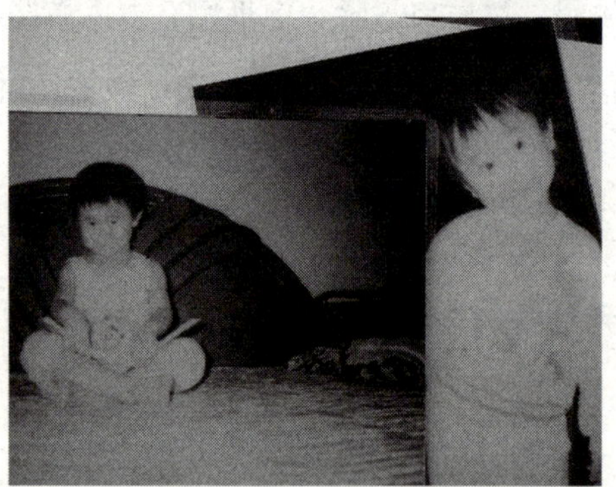

光线穿过，渐渐恢复了柔软的表层，将过去的风吹雨淋、日晒夜露一概化作坚持的勇气，包裹在柔软的表层下。

绕了一大圈，找回最初的梦想。

比起千疮百孔，一无所知更加不幸。

所以，甘心为了梦想付出。

痛苦是必需的。

但我还必须说明，即使灾难接踵而来，我们的人生依然充满着光。

回到文章的开头，

我对梦里的自己说，现实对梦境说：

看清这个世界，然后爱她。

带我走

带我走

胸腔传来钝响

若我当初真如此开口

是否我们也能拥有自己的天长地久

是否我们也能拥有自己的天长地久

若我当初真如此开口

胸腔传来钝响

带我走

不要停止书写

流逝的江流总能磨去石头外表的棱角，使之光滑柔和，中国五千年的历史长河酝酿出了中国人委婉含蓄的表达方式。

而文学这种廉价大众又高贵奇特的表达方式，无论古今中外总让无数凡夫俗子和文人墨客为之动情，且长久乐此不疲。

书写有何难处？从在石头上刻画到竹简，再到比欧洲早千年的纸张，中国人从未停止过书写这个动作，无论是无病呻吟，还是吐槽倾诉，或是用心良苦记录的真实，文学在这繁多的“书写”中多少也得到了存活的养分。

中国文学，豪放有苏轼，婉约有李清照，激昂有鲁迅，清新有三毛……“爱”与“恨”交织出现，无数次重复，也许这会使人误解为我们是一个爱恨分明的民族，不，中国文人向来爱得深，恨得浅，中华民族是一个爱如火烧、恨如雪融的民族。

换而言之，中国人总是爱得认真，恨得软弱。

这并非意味着我们胆怯，而是因为我们的恨根源于爱。

中国文学实如磨去棱角的石头，但其本质依然坚硬。

文学总是有灵性到不可思议，在纸上塑造人物与用刻刀雕刻石像也有几分相通。中国的雕刻讲究精美、逼真，细致到发丝都缕缕清晰，人的情绪浮现在眉尖或嘴角，惟妙惟肖；而西方的雕塑只需一个依稀的轮廓，无需上色，一块石膏只要注入作者的心血便有了灵魂。

而且，中国人是最喜爱“背景”的，在中华文化的概念里，是背景创造了怎样的人，是时代出现了怎样的产物，而在这广阔的“背景”中，中国文人总要用一片土地精心地埋下伏笔。虽然这在文学中实属普遍，但这一特点在中国文人身上总体现得淋漓尽致。

文学纵有万千风情，无数姿态，但能感动众生的文字总有一点是相同。

思想的精灵总是偏爱会品位生活、敢试探前路的人。灵感总无休止地冲撞作者的脑门，它们向作者要求更宽阔的天空，它们向往生之飞扬跋扈。当感觉到脑海的波涛依然汹涌，亦发现体内的情绪即将爆破……总需要一摞一摞的稿纸，一支又一支的笔。

于是，一个又一个的文学形象活了，活在纸上，活在心中，活在世界各地，活在每个人身上。我们总能在他们身上找到自己或臆想中的自己。

无论你是“让懂的人懂，让不懂的人不懂”清高的墨客，还是“拯救人类”苦口婆心呼吁的笔者；不管你是写着欢快的人过欢快生活的文人，还是撕心裂肺揭露社会丑恶的作者，无论有何分歧与异同。

请不要停止书写！你们在白纸上塑造的一切，自成一个世界，会让文学的存活又多一份力量。

写作者的宿命，便是把人的整个生命写进作品里，并且在生命中，继续写作。

风的风格

当我感受到你，我才对你的风格有些了解。

——题记

午后微凉的风，削铅笔机刨起木屑的香味，像柔软的抱枕，让人容易入睡。

我看到了他。

他出现在欧仁·布丹的画布里，贵妇们优雅地坐在海边喝着下午茶。她们裙角被挑起丝绸的边，漫成一缕柔和的弧线。我便看到了他的姿态。

海岸线的浪，打着节拍，一圈圈晕开的蓝包裹上银白色的边，似乎要开出花来。我便看到了他赤足在浪花里追逐。

印象派的画里，没有哪一笔在浓墨重彩地描绘他，他却清晰地出现在我的眼前。

风，本来就不该具体地形容。

我听到了他。

他从树林里打马而过，身后尾随一抹清澈的绿。该怎么形容他的声音，像细腻的流沙在耳际撒成瀑布，像两个略有些粗糙的表面相互轻盈地擦肩。我听到了他，他的声音在阳光里分岔。

他从冗长的隧道里奔跑而出，几乎要卷集起黑色的粉尘。像是装腔作势地恐吓，浑厚的声音掩饰不了他巨大的空洞。我听到了他，他哭泣的声音微微颤抖。

风，继续没有方向地流浪，假装很阳光。

我闻到了他。

他隐居在王安石的字里行间，一句“遥知不是雪，唯有暗香来。”他就不再低调，像是穿着白衬衫的少年，身上还残留着肥皂的清香。我闻到了他，被阳光烤得微微发烫的香。

风，是一个拥有全世界香皂的收藏家，向你吹来泡沫状的清香。

我感觉到了他。

他藏在我朦胧的意识里，轻轻撩动发梢，衣服温和地体贴着睡意。他带来刚刚好的光束和温度，在耳畔唱起催眠的歌。我感觉到了他，用衣角和发梢弄得有些痒痒。

风，总是让人太舒服，舒服得让人昏昏欲睡。

我看到他挥洒出各种色彩；我听到他歌唱时好几次在幻想里游离；我闻到他的气息延长了整个季节；我感觉到他，是一个干净清澈的少年。

风，我这才对你有些了解。

那是你独特的，风的风格。

玉楼春　盎然

无须惜梅已残红，桃花浓情几近溢。绿水微光缀涟漪，麓山颔首绣眉黛。

江风纵情惹诗兴，前人挥笔看今朝。却也难敌春风醉，不乏豪情亦柔情。

黄昏前走遍全世界

我们并不知道道有多远，只是一味地向前走。似乎是应验了“旅行者选定了一条路，从来不问那条路有多远”这句话。没有什么特别的目标，只是想着应该在黄昏前走遍全世界。

为了什么要出发？

这个问题是很可怕的，带着模糊的目标出发前我们就知道这是不可避免的，但是没有想到这样的茫然来得如此频繁。疲惫至极的时候甚至有人会问：“我们为什么要出发？”这样的问题开始总会有同伴意气风发地辩驳或解答，给出一个让大家都心满意足的答案。可是渐渐地，后来这样的声音少了，发问的人也少了，沉默的大多数出现了。

为什么要出发呢？这需要我认真地想一想。

也许是为了沿途的一朵盛开着的花，一阵吹走疲倦的清风，一场淋漓的大雨，一颗让人安心的黄昏晓……这些都太普通了，可是因为熟悉的地方没有风景，陌生地方的一切都是新鲜的，叫

人向往。也许别处的花更加娇艳欲滴，也许别处的风更带着芬芳，也许别处的雨呈碱性，也许别处的黄昏晓预示着燃烧整片天空的晚霞……

为了去别处，为了别处平凡却新奇的风景。

我们在云破日出时昏昏欲睡，在大雨滂沱时淋个畅快淋漓。黄昏美得叫人心动，让人忍不住对她说出情话，呢喃一句“你的名字叫红”。可是黄昏也是叫人不安的，黄昏再美也不过分分钟，之后漫长的夜里像是会长出捆绑住手脚的丝带，无法继续前行，也无法安睡，我们必须决定在哪里驻足，明天又要去向哪里。

比起“旅行的意义”，这个浪漫的疑问，这个问题很容易解决，拿出地图就好，甚至有时候我们什么都不用问也不用决定，只要往前走总会有意想不到的场景，意想不到的不一定是惊喜，场景不一定是优美的风景。期间也并非一直都是愉快的，就算是详细计划的路程也会叫人有无趣的时候，何况是我们这般无计划地走。可是就算是将其中不愉快的琐屑捡起来，和旅者的心情一起也会拼凑出叫人心动的画面，而且是动态组图，有趣得不得了。

因为我们是在行走着的人，我们也渐渐了解，浪漫主义为什么到后来渐渐被现实主义取代？因为现实总有办法击溃浪漫的念头，意义和目的地引发的议论和思考都是浪漫的，可是钱是个大问题，不是我们想想就能解决的。就算我们不计较住宿条件，就算我们大部分时间乐意步行，就算我们觉得只要吃饱就够，钱还是个大问题。因为我们一直在挥霍，就算是节省再节省，可毕竟一路上我们的钱包都是在做着“缓慢的减法”，总有一天会空的。

我们可以将旅行的照片拿去投稿，写一些简短又深刻的游记也不错。想法挺好的，可是哪有这么简单的事。网络上全世界的美景照片应有尽有，专业摄影师让我们都觉得自己的杰作寒酸。谁稀罕我们的游记，小孩子打打闹闹写成的文章哪成气候。愿望因为过于浪漫都会破碎，在餐馆里擦擦盘子，早上卖卖报纸还比较说得过去一点。

终于知道赚钱有多么不易，所以花钱的时候总是心怀敬意并且小心翼翼。

我们就这样遇到一个又一个问题，然后解决一个又一个问题。问题出现总是一个瞬间的，可是解决可能要花上不少时间。因为我们是旅者，所以不怕万难，即使万难之后还有万难，只要是能让我们继续旅行的事，我们都可以做到的。只是时间问题，而我们从中学会的，就是如何用更短的时间解决。

所以我们才有了这样的决定，在黄昏前走遍全世界。

光阴已经似箭，多危险，不如就慢一点，这场旅途放慢一些说不定会更美。花如果一夜就开成花园，酒要是能一夜就酿成十二年，那期待和等待不就都失去意义了。就让我们慢一点，虽然不至于要到“度日如年”的境界，就在黄昏前走遍全世界，这样的速度刚刚好。不是经纬线累加在一起的那个全世界，是一切的小世界，走进别人的故事，走进别人的风景，走进别人的世界，黄昏前刚刚好，夜晚留给我们思考。

让我们好好想一想要面临的问题，回味走过的路，还有我们自己的世界和真实的世界。旅行者选定了一条路，就从来不问那条路有多远，只要知道自己是在行走，思考着行走就够了。

隐　痛

如果　我真的爱过你
我就不会忘记

当然　我会不动声色地走下去

从此　不再见你
只是　害怕再见的你
已经不是你

从此　不再提及过去
所谓　快乐或伤悲
生不带来　死不带去

将爱

“虽然会偶尔忘了，我依然爱着你。”

我有多久没去过电影院了，装修了一番之后还怀疑是不是走错。真是太久没好好看场电影了。《将爱情进行到底》上映也有一段时间了，总是有无限客观主观因素阻挠我对其向往。终于，终于赶上在《将爱》下档前看了。

我们买到票的时候，电影已经开始了20多分钟，错过了电影里出现的那个也叫陈曦的男人。票不太好，只能坐在前排，其实看得脖子很不舒服。仰视着，不过这个不让人舒服的角度比较合适，因为这部电影也让我觉得不太舒服。

为什么觉得不舒服?

因为初恋。是初恋啊，是学生时代义无反顾的青春爱情。所以不管时间急流如何如何猛烈，冲刷不掉的，就是初恋啊。

我还以为是这样。

“我们都已经不是过去的我们了，还想怎么样？还能怎么样？”

“我只是不想最后的印象是这样。”徐静蕾说这话的时候，我的心里像是长出了一个深渊，往里面扔了颗大石头，却发不出声响。

不想让你知道我过得多狼狈，喝凉水的塞牙的日子，我一个人忍受就够了。我知道我们不能怎么样了，尽管是这样希望的，我也知道，过去只是过去了，可是过去我是过不去了。

我像是听到了她心中被压在巨石下的话。

像有人在心里撒了一大把针，多造作的比喻。就是这样明知造作还要折腾的纠结，阵亡且变质的初恋。

阳光。海。喷泉。教堂。葡萄园。酒庄。温带海洋性气候。法国波尔多。

这里适合长相厮守，适合找回失窃的余温。可是谁知道呢？付出了那么多，是另一个人得到自己该有的温柔。

错位的波尔多，错位的时光。

1999 年到 2011，这是多少年了，一年一次旅行，一汪大海，一段录音。

如果不是初恋，怎么可能做到。

这一段李亚鹏把我感动得一塌糊涂，这样浪漫又踏实还痴情还懂味的男人，不用看都知道，不是活在小说里，就是出现在银幕上。这大概也是电影的魅力所在，完成你梦寐以求但永不能企及的生活。

电影宣传片里说，电影给你不同的结局，无限念想，总有一种属于你的爱情，你的结局。

可能是我们都还年轻，当局者迷，不觉得多少人生感触，只是得出了这样的电影还是适合老了之后看的结论。

那就留着吧，等我也近不惑之年，等我也觉得初恋什么的敌不过面包的时候，我再来看看，想想当初干净的感情。

将爱，将爱情进行到底。我不知道行不行，现实在给你更多与社会接触面的时候，时间也在刷白你当初许诺时的牙齿。

我们都会老的对吧，都会没了豁出去的热情或执着的力气。就算是真的有一张过去的CD，也再听不到这样的歌曲。因为我们都会变老，可是，不是还有爱吗？

因为爱情怎么会有沧桑，所以我们还是年轻的模样。

干杯！为了我们正在挥霍的青春和学生时代干净的爱。

第三辑

因爱之名

永生在青春的原野

——假如我是觉新

觉新是巴金《家》中的大少爷，是一个“读新书，过旧式生活”的知识分子。他曾经有过梦想，但青春朝气和青年的梦想在沉闷的实际生活中渐渐消失，思想和行动的矛盾使他经常陷于极度的痛苦之中，清醒而又懦弱使他不能摆脱严酷的自我谴责，造就了他负罪而苟且、追求与幻灭的二重人格。最后，觉新在痛苦和不安中终于清醒过来，意识到“我们这个家庭需要一个叛徒，我一定要让他们看看，在这个家庭中并不是人人都像我一样顺从的”。

我的青春已经走得很远
只剩下很小很小的一个点
我青春的原野也曾萌生爱情温润的枝芽
也曾闪烁前路即便未知也依然明亮的光

可是　可是

可笑的是　道貌岸然的伦理道德烧起大火

可悲的是　我的退却使爱的花凋零、梦的光熄灭

摧毁吧！

火愈烧愈烈

扼杀吧！

我青春的原野啊　一片荒芜　竖起一座座坟墓

我的悲哀快要从泪水中结成冰块

我的愤怒即将在呐喊里喷出烈火

良药就算苦　请给我！

我要抓住青春的尾巴

不再允许遗憾向回忆挑拨

我已没有时间等待春风再吹过被野火烧尽的原野

可祝福的水啊　让激流将我带走

离开这里　我自己会走向春日

腐朽躯体维护的制度　已经日薄西山

委曲求全的逆来顺受　早该从我身体抽离

我受够了！

我的爱情阵亡　我的梦想幻灭

该觉醒了！

我不孤独　一股生活的激流在动荡　创造自己的道路

过去　我闭上眼睛看见的是梅

现在　我闭上眼睛看到的是中国的明天

让我永生在青春的原野！

不 朽

——致诸葛孔明

孔明，你我素不相识，也无缘萍水相逢。但你在我的概念里。可以用崇拜来形容。几乎可以用尽我所知道的全部褒义词。

“淡泊以明志。宁静而致远。”

孔明，你是一池清泉。小却深不可测。

起风时，你纹丝不动，你关上了那道门，那道隔开了战乱和尘世的大门。你在自己的世界里，在白光下耕种，在午后品茶吟诗。貌似你悄无声息，仿佛你与世隔绝，但你未出茅庐，已知天下三分。

若一池清泉，失掉了原本的安宁，既混淆了池底的景象，亦将倒影碎成碎片。与其换来一场空，不如待一切平静，便真相大晓。

孔明，你是一池清泉。未曾大风大浪，却早已改变了江河的流向。

“可比兴周八百年之姜子牙，旺汉四百年之张子房也。”

孔明，你是传说中的高智商。

若豫州是一艘在大雾里迷失的行船，那你定是闪着最明亮的光的灯塔。豫州一直向着你指引的方向，一直随着那道光束，走出迷雾。

而那道云破日出的光束，就是你发光的智慧。

即便是再浓的雾，在你的眼里，也不曾有过盲点，你总是一语道破关键。也难怪后人有诗赞曰：“豫州当日叹孤穷，何幸南阳有卧龙！欲识他年分鼎日，先生笑指画图中。”

孔明，你是高智商的传说。

“苍天如圆盖，陆地似棋局；世人分黑白，往来争荣辱。”

孔明，你是一面镜子。一面适合很多人的镜子。

孔明，你一向理智。你知道什么该坚持，什么该放弃。但遇上刘禅这样的暗弱之君，你却一如既往地尽心尽力，从没有一秒偏移或犹豫。

有人说你聪明一世，糊涂一时；有人说你固执。

而在我看来，那是你的虔诚，那是你的坚持，那是你的信守承诺。如果这些也是糊涂是固执。那么，你的“糊涂”和“固执”也是我崇拜的理由。

孔明，你是一面镜子。我们总能在你身上看见自己或是想

adidas

象中的自己。

身怀非同凡响的智慧，却不慕名利，甘愿躬耕陇亩，辅佐汉室之胄。身处乱世之中，心却游离在喧嚣之外。

千载谁堪伯仲间?

无论是过去还是现在，甚至以后。孔明，你都是一段倾倒无数后人的不朽传奇。

予我一个大宇宙

请赋予我狭小的心一个大宇宙。

——题记

说到巴金，浮现在我脑海中的并非一个伟岸的身影，不是大作家，也不是中国当代文学里程碑之类的，而是一个和蔼的老人，他的双手应是温暖的，他的声音应是温厚的，已经被岁月消磨得有些微弱低沉。

他左边的胸口，跳动着一颗赤子之心，拥有一个大宇宙。

他像是浓浓的黑夜里，倾泻下的温暖月光，流到每个人的心田，让人们学会对自己诚实，学会反思，敬畏真理。当我在他的文章最后，看到那一句“我不怕大家嘲笑，我要说：我怀念包弟，我想向它表示歉意。”这看似轻描淡写的一句道歉，却让人久久沉浸在无声宁静的世界里，那是一个没有杂质、清澈的世界。

在巴金的文字里，谎言被白光晒伤；在巴金的语句里，正直的心灵开始痛苦自审；在巴金的言行里，我们找到了安慰，学会虔诚地忏悔，我们的肩膀有了承担责任的力量。

他像是不辞艰辛逐日的夸父，拥有一颗发光发热勇敢的心。

在夸父被定义成不自量力的年代里，巴金却向他奉上自己无比的敬意。为了追求光和热，为了日影般的梦，向着光源奔跑吧，不畏惧死在灯下或倒在旸谷，在生命的最后一刻，触到了曾以为遥不可及的光，得到了不曾拥有的热，那就够了。那就够了，即使为此失去生命也不可惜。

巴金当然同我们一样，是热爱这可爱的生命的，但与其不敢追求光和热，苟且、寒冷的生，他更崇尚轰轰烈烈的死！哪怕最后化成一阵烟、一撮灰，勇敢的赤子之心不灭！

巴金所推崇的至上生活态度，是爱真理，真实地生活。

他从不以中庸的姿态给自己“适可而止”的安慰，也许忏悔对有些人来说只是一种形式，他们根本没有自嘲的勇气，那样的反思只会让人变得肤浅与堕落。但巴金绝不会如此，他忏悔的文字是温暖的、湿润的，每个字都可以流出眼泪，每个字都可以溢出心血。

巴金文字的力量并非来自他能驾驭文字，而是因为他“蘸着心血写作”，他写的不是文章，是真情实感。

我想，尽管他曾活在逆境里，他被愧疚纠结过，但他的一生终究是快乐的，因为他对我们说的一字一句都毫不做作，哪怕是痛苦地解剖自己，他说的都是真话。

一个把自己的过错展开在世人目光堆砌的手术台上，敢于深刻反思的人，他走路都会比那些掩饰阴恶的人轻快。

我不是想赞扬巴金，他不需要赞扬。我只是想告诉他，我在他的文字里找到了灼热而清澈的心。

我想说：我想向巴金表示谢意，是他赋予我狭小的心一个大宇宙。

君为知己者死

——仅以此向荆轲致敬

未曾亲见你离去时的背影
但我可以想象你的神情
从你的声音里听到勇敢的心
但那歌声必然坚定且令人沸腾
你没有回头
那也许是最后一次离别
你依然不回头地踏上生死未卜的征程

未曾亲见你离去时的背影
却分明看到巨人挺拔的脊背

你们怎能如此义无反顾
樊於期偏袒扼腕而进

而你用鲜血染红秦天

你们为了什么连生命都付出　无怨无悔

是真男人之间的信义

因为信任　因为尊敬　因为是共同出生入死的兄弟

君　为知己者死

你知道前路天寒地冻路远马亡

你知道离开之后不会再有归程

你从未迟疑

你唯一的停留　是为知己的等待

等他一个坚定的眼神　等他一曲慷慨羽声

未曾亲见你倚柱而笑　箕踞而骂

但我知道你到生命终结前依然信守与知己的约定

未曾亲见你与世长辞时热泪盈眶

但我分明看到巨人收剑入鞘时的锋芒

君为知己者死

纵使秦国称霸天下又如何

那整片土地早被你踩在脚下

万花世界

大千世界恰似万花筒，是我们各自的不完美拼凑了完美

——题记

我一直不解，世上怎么有那么多人一生都洒脱逍遥？就算他们所走过的岁月像是被苦水泡过，是被泪水浸湿的，他们也对艰苦一笑而过。那些人总有办法把在我们嘴里诉不尽倒不空的苦化为一杯小小的烈酒，一饮而尽，即使有几分醉意，也不会“愁更愁”，那微醺的醉意只会让他们诗兴大发或者忘却烦忧。

而之所以有人能做到这一切，我想是因为他们身边有一个万花筒，他们总是透过它去欣赏人生的所有不完美。

正如苏子写在《赤壁赋》中的一样，“盖将自其变者而观之，则天地曾不能以一瞬；自其不变者而观之，则物与我皆无尽也，而又何羡乎！”

无需怨天尤人，无需羡慕他人的拥有，无论是幸或不幸，

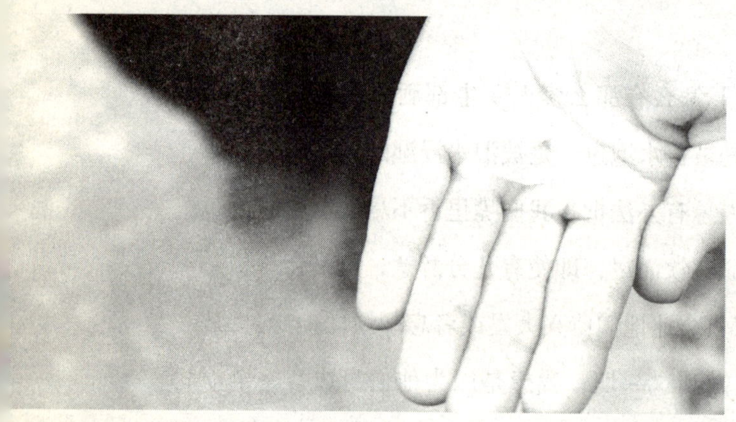

都是我们的人生、我们的财富。

俗语道“飞蛾扑火——自取灭亡”，这样看来，飞蛾真是愚蠢至极了，明知眼前的火光会使自己粉身碎骨，还一心只顾往前扑，往里跳，即便是死亡的召唤也去得那么坚定而又心甘情愿。然而，始终有着少数人歌颂着飞蛾，在他们看来，苟且偷生亵渎了生命的神圣，与其苟且寒冷地生，不如在生命最后一刻与一生追求的光明拥抱，轰轰烈烈地死。那时，死亡反而变得令人仰止，生命反而因死亡而升华，因毁灭而永生。

两种观点都不无道理，谁也无法从中道出个公认的是非，他们只是从万花筒里转了不同的角度，也许前者看到的是玫瑰，而后者看到的却是向日葵。

而人类本身亦是如此。我们像是携带了镜子和手电筒的生物，看到镜子中自己身上有斑点，大多会认为是镜子本身的污垢；而换做是别人站在镜子前，就会毫不客气地认为斑点来自他的身上；手电筒照向他人时，你也许会挑剔被照亮的那一片有太多瑕疵，也许你只看到了他身后的一片黑影。就是因为这样，我们总能理直气壮地指责他人而难以自我反省。

我们要做的是直面镜子中的自己，别对他人过于严苛地指责。你只需稍微转换一个角度，你就会看见你曾经忽略的美好。

大千世界，瞬息万变。子瞻在流逝的岁月里找到了让自己潇洒的角度；还有人将自己收获的美与不美摊在白光下，在讨论与攻击下渐渐寻找自己所理想的角度；人类转化角度开始接纳他人的不完美，也雕刻修补自己的不足……

世界就是一个巨大的万花筒，一切生灵都仿佛残缺的小彩片，正因我们各自都有自己的不完美，在旋转的角度下才能呈现出美丽的图案。

对于生活，你只需转动一个小角度，万花世界总有你梦寐以求的美。

用生命镌刻

鲁迅先生，你何必如此辛苦，如若你不那么坚持，虽然说不上会有多快活，至少不必如此辛苦。

你总是与现实那么格格不入，你若是愿意稍变圆滑，也不必到处碰壁，或许这样你的鼻子会更挺拔，但你要真是委曲求全为现实磨去你分明的棱角，你最有魅力的犀利眼神也许会熄灭吧。

他们说你的文字是利器，还专挑敏感部位刺，人们慌张并乐此不疲地掩盖或美化自身的伤口，而你却毫不留情面地扯开，阴暗面就这样被白光灼伤。这并不是最可怕的，最令人惊悚的是在伤口被扯开灼伤后，人们依旧不知觉醒，他们无法理解你这样费力不讨好是为了什么，他们甚至连痛觉都已麻木，说你残酷，而他们忘了或从不知晓，最痛苦难耐的是你。中国人最引以为豪的渊远文化，中国人最善于回顾的五千年历史，他们不能忍受你对神圣历史文化有任何否认，在他们看来，你否认中国文化，中国人就该否定你。而他们不懂。

你并非看不惯中国历史文化这张美好的脸，你只是看不惯这张脸上的脓包。你的高尚情操无法让你将脓包描绘成娇艳红润的事物，一身正气让你不能对文化中的糟粕视而不见。

他们只是一些精神的奴隶，你想尽办法解救他们，他们反而责怪你将他们的奴隶身份曝光。

你走了太远，一定很累，冗长岁月和国人永不知悔改的愚昧让你疲惫不堪，你背负起拯救中国的重担，弃医从文，开辟道路，你背负的那些让你看上去坚强到似乎永不会被击垮，即使现实不堪，而谁又能明了，最让你辛苦的就是你所背负的那些，从《呐喊》到《彷徨》，他们只看到你前行时坚定的表情，却没发现你在走过的路上撒下多少血汗，被打击疲惫也只是血汗，从未流下一滴眼泪。

爱也鲁迅，嫌也鲁迅。站在时代风口浪尖处的人总会受到争议。你曾说希望中国人不再读你的文章，你甘愿淡出中国的未来。而出现这种情况只有两种可能性，一种是中国人已经不要脊梁骨了，一种是中国人的脊梁骨都已经直了。而你所希望看到的定是后者，那些嚷着不再读你文章的人，无非是把“不需要”当成读不懂悟不透的逃避借口，而他们不懂，鲁迅早已铸入了每一个中国人的脊梁，成了一种精神。你已是凡庸者难以企及的大智慧。

鲁迅先生，你何必如此辛苦，时代没有翻天覆地的转变，人们也没以伯乐或支持者的身份出现。但谢天谢地你曾为我们如此辛苦，话说没有伟大人物出现的民族是世界上最可怜的生物之群，若像你这样的伟大人物真向麻木时代妥协，只怕当今本不茂盛的中国精神原野也成寸草不生。

我不想将你读得太深奥，但至少是深刻的；我不会对你敬而远之，但一定是充满敬意且深信不疑的。

景　涩

往昔如风更似尘，我欲追忆却依稀。

前路锦瑟天未晚，我欲留君偏哽咽。

曾许醉笑三万场，无缘随君心白鬓。

不诉离殇早离伤，当时沧海已桑田。

有温度的文字

看到过这样的句子“年华里，我们失却的是一种心情”。所以我们才要书写，把将要失去的心情书写在纸上，好让它不被遗忘。

《诗经》如此，当代词人亦是如此。诗、词就像是没有拍MV的音乐，没有上色的油画轮廓；诗、词是过滤掉音乐的、活在纸上的镜子，人们总是能在其中找到自己或臆想中的自己，给音乐附上心里的场景，给轮廓添上主观色彩，给自己的心情找到知音，对号人座。

古人如此，我们亦是如此。

“吁嗟鸠兮，无食桑葚。”

爱情是文人墨客永远热衷的不老话题，但这实属稀少又昂贵，为爱痛哭流涕的人始终不会比为爱欢呼雀跃的人少。当代歌者孜孜不倦地唱着：“爱总是哭，总是让人不满足。”或是

“爱让人很难振作”。总之，以“爱”为主语的歌曲打响的总是苦情歌，而愈是能让失恋的人产生共鸣的歌愈是受人追捧。香港中文大学的教授，同样也是当代华语乐坛的著名词人林夕，他曾说自己和王菲是“没有名分的夫妻”，就我看来，这话形容得太过贴切。林夕的词由王菲的声音来填充，完全吻合、天衣无缝，又空灵得恰到好处。而有一句“感情不必拿来慷慨”与《诗经》中的《氓》有着异曲同工之妙。

爱情是不老的话题，也许就是古今文人墨客赋予了它太动听的名和太虚幻的躯体，才会使爱情不老。

“所谓伊人，在水一方。”

《蒹葭》经历岁月长河依旧朗朗上口，而就是因为经历太多岁月，它的意义越来越深邃，“伊人”也从其原本的定义变成“一切令人向往追求的美好事物”。而我更愿意纯粹一点来读它，伊人就是伊人，诗人为了她逆流而上没有怨言，顺流而下也心甘情愿。但追爱的路途漫长又险阻，诗人与他的伊人总是相隔两岸。而这分隔两人的距离也许就是林夕所说的“欲爱但忘言，让你走过眼前”吧。追爱途中一个借口就可以让人溃不成军，但若想抵达爱的彼岸，又需要太多支撑的理由。这样的感受又与《宛丘》中的“海有情兮，而无望兮”类似。

“宜言饮酒，与子偕老。”

有时候，不是赏星星赏月亮，从月淡风高聊到人生哲理才叫浪漫。记得记者采访陈红在《梅兰芳》中印象最深的场景时，她说，是剧中在和丈夫坐在床边一起洗脚时感觉最浪漫。而也有人唱到：“这世上最浪漫的事，就是和你一起慢慢变老。”

爱是经得起平淡的流年，而与之有所不同的，还有方文山最偏爱的鹅黄色的初恋，同样是饮酒享用美食，在方文山笔下却成了“酒足饭饱后举杯，与你畅饮，被吃定的感觉”。

而这些生活琐屑酿造出的甜蜜或安稳的爱情，方文山用一句理由“终于了解，是自己的情感有机物太肥”轻轻带过。

在香港词人都不得不承认林夕有太多过人之处的时代，当流行音乐界歌词几乎被方文山、施人诚洗劫一空的时代，《诗经》却从未被淡忘。林夕，是将“梦”字拆开组成的笔名；方文山，人如其笔，方以文成山……他们身上原本就有从《诗经》中洗涤而出的墨香。

无论古今，《诗经》抑或歌词，记录下的都是人们不能挽留但又不舍、不能、不愿失去的心情，所以，有温度的文字无论在何时、以何种形式展露在我们面前，始终是讨人欢心、惹人怜爱的。

渔家傲　怀纳兰

虽说少年不识愁，灯下，唯读纳兰，诗兴大发，自知相差甚远，亦难抑心中万语千言。

秋风未至画扇悲，残阳投影心怅然。沦陷愁词难言喻，满目伤。恨隔千秋无缘识。情终不移如初见，与君隔世心相随。欲书伤怀自行惭，拟无计，无与伦比独纳兰。

在前行路上

所有的路都始自脚下，圣者和我们都是如此。因为只有在路上，生命才值得尊重。

——题记

当他走完世间艰苦的路，当年的学子早已化成圣者，无尽道路从他脚下延伸。

我所走的路，是我的路，但他把人生经验，穿越沧桑传递到我们手中，仿佛触不到的光束指引着我。我在我的路上行走、行走，而他在千古之外，缄默地微笑着，注视着我们。

没有错，前行路上的我们，一直在他们的言行中受益。

宽容

人们常将仲尼的那句“己所不欲，勿施于人”挂在嘴边，可实少有人将其放在心上。简单的一个“恕”字需要太多勇气，那是谅解他人的气度，更是把自己从计较的狭小角落释放出来的睿智；沉重的一个“恕”字其实只要我们退一小步。关爱别人，就是仁慈，理解别人，就是智慧。放下束缚或架势学会原谅，宽容一点，给他人一个台阶或出口，我们换来的将是一片大海或草原。

己所不欲，勿施于人。我们自知什么会让人苦痛，那就别强加给别人。

尝试宽容，那是前行路上温暖而有力的一步。

正直

很小的时候就听过《农夫与蛇》的故事，农夫看似无上的善却换不来蛇的一丝感恩，反而因此终结了性命。然而这个道理，孔子早就告诫了世人。“以德报怨”中的“德”，解剖开来就是一种纵容，甚至是一种是非不分的愚蠢。用过多的恩德、太多的慈悲去对待不值得仁厚面对的人和事，是一种浪费。

面对一些麻木不仁的事物，盲目的慈悲已不能称为正直；明辨黑白，分清是非再付诸行动，那才是正直。要把有限的感情、有限的才华留在该用的地方。

以直报怨，以德报德，用正直唤醒良知，用感恩报答恩德。

学会正直，那是前行路上端正而有力的一步。

理想

理想于我们而言，是一颗种子，在内心深处掩埋。而我们为理想执着付出的一切，是这颗种子最肥沃的土壤。但我们不得不承认，在理想顶出地面开始成长之时，挫折是必然的。坚持固然辛苦，但那也不能就这样夺去了理想，浇熄了斗志。如同种子遇上雨雪严冬，脆弱的理想种子抱着“世不容我”的心态悲壮逝去，而那些坚毅沉着的种子却对苍穹高歌，证明了“瑞雪兆丰年”。

三军可夺帅也，匹夫不可夺志也。我们可以失去很多很多，但我们坚守的理想在经得起挫败的流年里，成长为枝繁叶茂的大树。

坚守理想，那是前行路上执着而有力的一步。

流年

时间太瘦，指缝太宽。过于匆忙的时光，让奔流河水成了孔子眼里流淌着的挽不回留不住的时光。我们正值年少轻狂，还短浅地认为一生太过漫长。而仲尼告诉我们，我们的一生不过是从无限光阴中借来的一段岁月，这样的岁月仓促得让我们甚至无暇把它镌刻成原本希望的模样。在人们哭天喊地渴求上天多给一些时间时，孔子早已丢弃叹息的悲凉，他的每一分每一秒都如失水的鱼渴求知识和道德的滋养。

逝者如斯夫，不舍昼夜。我们还有那么多豪情壮志要为之奋斗，哪有什么时间怨天尤人。

把握流年，那会让我们在前行的路上走得远一些、更远一些。

在圣者的言行影响下，在前人的注视下，我们正走在前行的路上。

那是我们自己的路，他们只是指引的光源。我们怀揣理想，以沉稳而坚定的步伐踏着流年前行，圣者抑或我们的路都始自脚下。

在圣者的影响和注视下前行吧，因为只有在路上，生命才拥有意义。

成为谁的大英雄

将月色洗净沥干，舀一勺丑时来煮茶。一道橙黄色的书法，于天地间落下。这墨色带一丝禅意，将月色晕开。这种氛围，最适合思考“英雄”这个奇妙的定义。

金庸：英雄不过几个章回的潇洒

金庸的书适合在微黄的灯光下读，如果条件允许，最好是点一盏油灯，灯火随夜风恍惚不定为最佳。仿佛在等待另一位高手的出现，亮剑的瞬间凭着剑风能将油灯吹灭，在昏黑中夜色中各路英雄一较高低。

文人身上少不了英雄豪气，不能舞刀弄剑，也能用手中的笔挥洒出侠客的豪情万丈。也罢，将残诗搁下，江湖不过杀与不杀。英雄也不过几个章回的潇洒。

只要身边有个红颜知己，当然七个也不为过，英雄搁下江湖依旧潇洒。金庸大师在搁笔纵马处，在诗与非诗之间，描出寻常人家的轮廓。

寻常人家，竟也炊烟袅袅成天涯。

好莱坞：地球的危险需要英雄才能解除

地球在好莱坞大片的编剧们眼里永远面临着巨大的危险，异形入侵，科学怪人，宇宙大战，地壳不稳……甚至连让人们居安思危的时间都没有，当然这也不需要人们过多的担忧。因为关键时刻总会有一个大英雄来拯救地球，拯救宇宙。

科幻英雄总是经不起客观事实或理论的推敲，我们也千万别太计较。好莱坞塑造出的超人，蜘蛛侠，蝙蝠侠，闪电侠，钢铁侠之类的种种完全个人无敌英雄，在拯救了虚拟世界的同时，也撑起了无数影迷的天，点燃了无数小孩的小宇宙。

地球最大的危险不是来自于外在，而是人类逐渐麻木的心脏，没有想象力也不再幻想，不相信英雄也没有信仰。而这些大片中的英雄至少让不少人有了精神的依托，在这一点上，他们无疑是拯救了世界的大英雄。

韩剧：地球没有你也会运转，但总有个人必须有你才能活

韩国是个小资小清新的国家，永远有最流行的歌、最卖座的电影让听众或观众欢呼雀跃、热泪盈眶。而韩国电视剧的地位不同于一般国家，韩剧是足以在世博会上拥有独立场馆的产业，

是带动韩国旅游业发展的巨大动力。

而韩剧最叫人心动的不是拯救世界的英雄，而是有一个人让另一个人得到心灵救赎的故事。电视剧编剧们着力塑造的不一定是大人物，也许是个路人甲乙丙丁，足以淹没在人海中的小人物，但这些人物有着其他人无可取代的力量。

丈夫撑起一个家庭，母亲养育一个小孩，朋友陪伴另一个朋友，男生爱上另一个女生……这些最平凡而又伟大得无可取代的角色，他们总能构成让人共鸣、叫人向往的故事。

地球没有你也会继续运转，可是这里有个人需要你来成为他或她的英雄。

我们：他能够叫我感动，谁管他红不红

生活中遇到太多人，有些人甚至出场还不够一分钟。潮来潮去的过往里也许有个陌生人叫我们记忆深刻，甚至影响我们一生，不必是什么惊天动地的大改变，也许是一句鼓励，一句安慰，一次共鸣，或者什么也没发生，你们只是擦肩而过，偶然碰面……

经过岁月的筛选后，还能完整地遗留在记忆的沙滩上。那一定是具备了某种特别的形状。譬如在林夕的记忆里，娱乐节目中有一个无名演员带着一件斗篷扮演着一条龙，引得全场哄笑，他却莫名觉得感动，还有人这么努力去换取别人的认可与欢乐。

不知名的人们不管有没有人懂，他们中总有人能够叫我们感动，在寂寞天地里成为我们的大英雄，那就值得我们的一声感谢，称一声英雄。

月光渐暗，丑时已过，为英雄煮的茶却不会凉。总有人不停地煮着沸水，沏了一壶又一壶茶，为了敬他们的英雄一杯。

说不定此刻的我们在等着我们的英雄，与此同时，也成了别人的大英雄。

答案永恒，忠“艾”一生

他曾说如果有一天这个世界开始接受他，不是这个世界改变了他，而是他改变了这个世界。

在AI的记忆里，是篮球让他摆脱贫困、毒品、枪击、黑帮；在我的记忆里，是AI用篮球让世界明白了勇气、决心、意志、忠诚。

1993年，情人节之夜保龄球馆斗殴事件。AI的肤色符合当地“良好”的种族歧视，让他进入了新港监狱。AI在屈辱下并没有失声尖叫或痛哭流涕，他的眼睛里没有犹豫和畏缩。从此以后，无论AI的面前是多么强大的对手，他的眼睛里除了平静和偶尔的愤怒，没有多余。

1997年冬季，小个子新秀与那个无所不能的篮球之神对峙。蝴蝶步，那是我贫瘠干瘪的文字难以描述的飞行。瓦乔维亚中心沸腾了。那一刻，整个费城都明白，他们的救世主降临了。

2001 年 6 月 6 日，AI 踏进充满敌意和狂妄的斯台普斯球馆。球穿网而过 AI 傲慢地跨过被晃倒在地的卢。全世界在那一刻哑然。金紫色的海洋，西海岸最繁华的城市，连同整片大地，都被一个 183 公分的小个子，轻轻踩在脚下。

2005 年 2 月 12 日 60 分，AI 在这个夜晚拿到了象牙塔的分数，霍华德难得的显得那么无能为力。那矮小的身躯慢慢退回自己的半场，所有人都看见，收剑入鞘的是个巨人的背影。

2008 年的瓦乔维亚中心，掘金客场挑战 76 人。时隔 15 个月，AI 再次踏上曾经陪伴他十年的地板。76 人的管理阶层不喜欢 AI，但是球迷不会忘记过去的十年，那个坚毅的男人是怎样带领他们前进，穿过荣辱兴衰。十年，来自贫民窟的他闯进了费城悠久的街巷，带着他们前进了十年。

那是一片 AI 原以为可以尽职一生的土地。一直坚毅的 AI 眼眶终究还是湿润了。

2009 年的季后赛，活塞被强横的骑士杀得片甲不留。AI 愿意放下姿态，放下狂妄，愿意送助攻，愿意打替补，愿意剪掉垄沟头，但活塞不愿意接纳这个诚心的 AI。底特律这座冰冷的汽车城，遮蔽了 AI 一切年少轻狂之后的光芒。

我厌恶底特律活塞，尤其厌恶抛弃了艾弗森的活塞。我甚至很久不敢去看关于 AI 的新闻，我怕一直是头条的 AI 忽然被冷落，被隔绝。他说，他把每场比赛当做自己的最后一场比赛。耗尽所有。

但我真的真的愤恨，他在活塞褪去他刺眼的光。

我以为这种厌恶会蒙蔽我对AI的想念，但是现在，我只想看到AI在场上奔跑的样子。即使不再像从前一样狂妄，不如以前一样极速。

他始终都是艾弗森。

写于2009年季后赛

误解将你累得不堪一击，你拥抱相信的死穴。已经过去这么久，你不再偏执地抵触。他们说你是独行主义者，只要不再是团队的核心，便显得褪色，失去刺眼的光；他们说如果是以前桀骜不驯的你，是不会去那支弗朗西斯都不愿意去的篮球队，宁愿退役也不会放下身段；他们说是冗长的岁月和浑浊的世界消磨了你的锐气，你的总冠军戒指遥遥无期；他们说那个骄傲得几乎不可一世说着“球场上我无须尊敬与惧怕任何人”的Allen已经老了。

可那又怎样？就算你不再极速或骄傲得无可救药，你依然是Allen Iverson。

你是答案却不是为问题而生，你再次穿上3号球衣，我就知道，你依然是最初的 Allen Iverson。并非天生独行或偏执，所以这一次也无谓低头，你只是想一直打球而已。

“我不想成为迈克尔·乔丹，不想成为魔术师约翰逊，也不想成为大鸟伯德或伊赛亚·托马斯。我只是想在我职业生涯结束后，面对着镜子，可以问心无愧地对自己说，我还是那个阿伦·艾弗森。”

那么，那些说三道四的人们麻烦请你们闭嘴，他只是想继续打篮球，如此而已。你们凭什么借着“误解”这样的名号，让他承受那么多负面评论。看到他流眼泪的那一刻，我心跳都停了，哭得歇斯底里。那时我觉得这个世界也真是丑恶。

NBA 从一个战场，变成一个市场，战场堆砌了多少信仰，市场又埋葬了多少人的理想。

误解依旧，答案永恒。

写于 2009 年 AI 加盟灰熊

Allen，别让落差将你打败。你以往在他们身边得到的那些信奉和崇拜，也许会让你觉得现在的处境痛苦。别忘了你是答案，是我们的信仰，要的就是站得稳的双腿和挺得直的背脊。

那天你发表退役声明，我想你定是哭了，是多大的苦衷让倔强的你一个晚上老了那么多。你感谢了那么多人，最后留下一句“只有等我离开了，你们才知道我的价值”。你走得那么不甘心，我当时是多么愤恨，记得你轻狂年少时因保龄球馆斗殴事件离开球场，76 人的票不再抢收，比赛比冗长的无声电影更无聊，最后只剩寥寥几人坐在看台上，只有一位老妇人一直举着一块牌子——“Allen Stay Please”，退役声明发表后，所有头条都是你，用最大的字体印刷出的“等艾回来”，全世界都在挽留，就连当初恨不得你消失的人也不能忍受你真的离开。

我知道你只是走了太远，深感疲惫，所以想要停止。你不是钞票，你要明白这个世界上一定会有讨厌你的人。你要一直做你自己，不必强颜欢笑做他们心中早已设定好的那个赏心悦目的你。你要相信，就算全世界与你为敌，我们还是爱你。

所有的所有不存在无解，对于我而言，你，就是全世界。

你就是答案，唯一的答案。

现在你好不容易回到你梦想开始的地方，尽管 76 人也只是为了利益勉强签下你，一张冰冷的无保障协议，不及从前十分之一的年薪，穆托姆伯也已经向年迈低头不能再与你并肩，从前给你打配合的小 AI 也对你毫不客气，你人生最辉煌的十年换不来落叶归根的温暖。

这个铜臭满天的联盟，唯有你的双眸，让人看到了海的深邃，浪的温柔，看到深埋浮躁世界的一抹纯白。

流言十载，你为费城献出了全部的青春。当举案齐眉不再，心伤流血，你最终选择了离开。带着爱与恨，去了寒冷的科罗拉多高原。不用解释，我早已厌恶比利金那恶心的嘴脸，我总是听到你对摄像机说 hope to stay. NBA 只是个经济操纵的游戏，你却活在自己的童话里，玩得那么认真。你文在脖子上的“忠”，我发誓我从来没有怀疑过。

可你永远带不走球迷的想念。

然而在人们都为你抱不平的时候，你无怨无悔，忍着伤痛坚持上场，当我看到你再次站在 76 人的球场上挥洒汗水，状态一点一点恢复，全场焦点，你颈部文上的那个“忠”就是你一直坚持的理由，全场起立为你呐喊，那是你最爱的声音，Allen，我们都在为你含着眼泪欢呼雀跃。

谢谢你伤痕累累时，还敢在高你 20 公分的家伙前抬起手腕。

谢谢你总是爬起，从不倒下，穿梭在长人林间，书写无数次单骑救主的美谈 。

所以，我学着用稚嫩的肩膀，承载梦想的重量，我相信平凡人也可以成为超级巨星。

勇者无畏。

Allen，去奋斗吧！别被世俗束缚，像从未失败过一样。

Allen，请你一直骄傲下去，我爱你瞳孔里的太阳。

我唯一的答案，不灭的太阳。你的名字就是宗教，我的信仰。

写于 2009 年 AI 回归 76 人

33 岁，像毒瘤一样被球队交易来又交易去，NBA 有几个可以理直气壮地说比他强，可是居然……退役。

我还能说什么，官网又放出下个赛季你会回来，纵使这个伤心之地曾让你无处立足，可在你心里，那始终是梦开始的地方。

只要还能看到你在球场上奔跑的样子，言语都多余。

这种想念来得如此平静而强烈，足以消除所有愤恨。

那不曾消退的欢呼和想念。

铭记那些让我们呼喊和感动的时代和那些永远不向岁月和伤痛言败的球员。

写于 2010 年等待 AI 的时刻

又见陈曦

我是看着陈曦长大的。至今，我家里还保留着陈曦的百日照。工作后，我在长沙又读了六年书，更成了陈曦家里的常客。陈曦特别善于讲故事，幽默的话语常常把我们逗得直乐。陈曦小学毕业整理的作文集，我见证了整个制作过程；陈曦读初中的学校，我和她妈妈一起去踩过点；陈曦就读高中的长郡，我们没能进去，只好在门口守望着；陈曦花了整整一年时间制作的网页作品《非遗有戏》，我仔细研读了里面的每一个文字和每一幅图片。这个网页折射出她高超的网页制作水平和专业美编能力、精彩的文字功底和较强的组织协调能力，更难得的是，她拥有对非物质文化遗产保护的专业知识和人文情怀！一个高二学生能有这样的综合素质，让我惊叹不已。照理说，我对陈曦是非常熟悉的，她阳光大方，素质全面。但是，当我用心捧读陈曦的这本文集时，我才真正走进了她的内心世界。我看到了不一样的陈曦，看到了那个多才多艺的阳光女孩，看到了那个挚诚真情的邻家姑娘，看到了那个青春隽永的清新女生。

一、多才多艺的阳光女孩

陈曦多才多艺，心态阳光，这是众所周知的。她爱好文学，担任过学校文学社的社长，文章多次在省市乃至全国获得大奖，《梦开始的地方》获得了第四届全国新课标写作才艺大赛一等奖；她诙谐幽默，主持的文娱晚会有声有色、妙趣横生，她获得了长郡中学首届校园主持人大赛的冠军和长沙市教育局五四红歌会主持人选拔大赛一等奖；她喜欢美术和音乐，绘画作品曾多次在全国少儿美术大赛上获得金奖，她学习过舞蹈，能拉二胡、弹吉他、吹葫芦丝。她开朗自信，组织能力和协调能力较强，深得老师的喜爱，与同学相处融洽，在班级中具有较高的威信。

这是“台前”的陈曦，在这些光环的背后又有着什么样的故事呢？原来，她之所以会写文章，更多的是因为她的恩师邹春晓老师的“纵容”，有一次，邹老师照例在课堂上读学生的范文，念完之后，她笑了一下，说:“这个学不来，是陈曦的风格。”（《恩师》）而皮访贫老师给她的作文评语可以写满整整一页，的确，那不是评语，那是一种沟通和交流，更是一种欣赏，难怪皮老师提起陈曦时，骄傲地说：“这是我近年来最有才华的弟子了。”（《恩师》）

"幕后花絮"不只是有趣的，也有令人心酸的经历。《非遗有戏》是陈曦高二期间制作的关于非物质遗产保护的网页，因为内容丰富,制作精美,在湖南省获得了一等奖。但由于种种原因，在全国只获得了三等奖。就这样，她与保送生的资格失之交臂，这对陈曦来说，不啻是一种沉重的打击。她回顾了自己当时最真切的感受："平躺了十分钟，或者更长。挺没骨气的，枕头哭湿了一片，牙齿咬得紧紧的，磨得直响，还是憋不回去。其实当时我真想嚎啕大哭，破口大骂或者摔些东西以示悲愤。可是我都没有，我只是没有声音地哭了一会，这'一会'到底是多久我也不清楚，哭着哭着我就睡着了。"(《差一点就是保送生》)读到这一段文字时，我都感受到她内心难以压抑的那种悲愤与痛苦。可就是在这样的状况下，她之前还打了一个电话给父母，说了一个"善意的谎言"，说自己没事了，好让父母安心。尽管摔倒了，但摔倒也成了她"成长的舞步"(《去奋斗吧》)。是的，阳光总在风雨后。我更为这样的陈曦而感到骄傲。

二、挚诚真情的邻家姑娘

这本文集，好多文章写到了陈曦的师生情谊、同学友情和家人的亲情，甚至还有她想象中的朦胧而又青涩的爱情。最令人感动的是，陈曦怀有一颗至诚、感恩的心，面对生命中的重要他人，她都能想念着他们的一切美好。读着陈曦的文章，我的眼前不由地浮现出这样的图景：在一家小小的但很有格调的咖啡馆里，她和你对面而坐，就像邻家女孩一样，和你拉着家常，时不时蹦出一些幽默的话来，娓娓诉说着她的生命故事。

你听，她在说指导她朗诵和主持的邹老师了，说得底气十足，无比自豪，那语气就像她的老师"是濮存昕一样不得了"（《恩师》）。她说起了号称"少女阿信"的陈贞老师，陈老师为他们付出了太多太多，她写了整整三页纸的信去安慰老师，陈老师居然被这封信给弄哭了（《恩师》）。她说到自己的爸爸妈妈了，"别看妈妈的专业听起来有些吓人：犯罪心理学"，但妈妈性情温和，善于待人接物，把她和爸爸这两个火爆脾气的驯服得有模有样（《为别人而活着》）。对了，她有一个比她大11个小时的表哥，还是她的同班同学，他们"每天吵架可感情还是好得不得了"（《兄妹》）。嗯，小白是她最好的朋友，现在美国读书，她们俩一直保持着电子邮件的长篇通信。想着王小波给李银河写的那些信件情书都编成了《爱你就像爱生命》一书，她们"初生牛犊不怕虎"，竟然"打算来个友情版本的"（《爱你就像爱生命》）。是的，她还说自己是"百万富翁"呢，小学、初中、高中这样一路走来，她收获了很多友谊，每一位朋友都是她生命中"无与伦比的美丽"，虽说是短小的文字，却鲜明地勾勒出每位朋友的个性特点，还有他们的情谊（《你们就是我最大的财富》）。最后，她还和你说了说悄悄话，就是这个年龄他们最爱谈的话题，对爱情的思考。或许是“少年不识愁滋味，为赋新词强说愁”，但《带我走》那首回头诗写得真好。你正在那里感慨呢，这时，她端起杯来说：“干杯！为了我们正在挥霍的青春和学生时代干净的爱。”(《将爱》)

三、青春隽永的清新女生

十七岁，正值最美的青春年华。可青春是什么呢？还真的说不清，道不明。青春仿佛是一种感觉，只可意会不可言传。然而，在陈曦的笔下，她把这“不可名状”的青春又描绘得是那么清晰可辨：“我把回忆晾在白光下，看到以前总是买比自己身高大上好几码的肥大校服；看到雨天踩湿的裤脚；看到争执时涨红的脸……看到老师带读时一张一合的嘴唇；看到因为放烟花被烧出一个小洞的棉衣；看到握笔右手中指与无名指间磨出的茧；看见酷暑下冒着白烟的冰棍……看见和死党买的一模一样的上衣；看见集成小册的电影票；……看见上学乘坐的拥挤的公交车……”(《我把青春献给你》)。就这样，我们跟着她走进了她的青春故事，也仿佛又回到了属于自己的青春时代。

十七岁，也是他们上高三的年龄。学习是这个时候的主旋律。“当我谈跑步时，我最想谈的是学习。奔跑着学习，学习奔跑。”(《当我谈跑步时，我谈谈学习》)。这个年龄，也正是“恰同学少年”的年龄，他们意气风发，挥斥方遒。即使是遥远的历史人物，此时也有了对话的空间。在这里，她走近了孔明、巴金和鲁迅，与他们坐而论道，笑谈古今；在这里，她读懂了荆轲，明白了他“君为知己者死”的人生信条；在这里，她理解了觉新，为他大声疾呼内心的呐喊:“永生在青春的原野”！在这里，凭着历史人文知识和丰富的想象，她领着我们在哥本哈根开启了诗意盎然的旅程。(《梦开始的地方》)

十七岁，从心理学的角度来看，正是价值观形成的黄金时期。这个年龄，虽然年轻，却积淀了人们对生活最真最美的思考。陈曦不断摸索着前行，努力做“最初最真的自己”。渐渐地，她明白了，“尝试宽容，那是前行路上温暖而有力的一步。学会正直，那是前行路上端正而有力的一步。坚守理想，那是前行路上执着而有力的一步。把握流年，那会让我们在前行的路上走得远一些、更远一些”(《在前行路上》)。在生活中，她学会了换位思考：“对于生活，你只需转动一个小角度，万花世界总有你梦寐以求的美。”(《万花世界》) 更重要的是，通过思考，她形成了自己的生活价值观：“忠实地奔跑，忠实地活着，这是至上的生活态度。”《当我谈跑步时，我谈谈学习》)

十七岁，最青春的年华。我们遇到了那个最初最真的陈曦，也遇到了最初最真的梦想。

蒋 莉

心照不宣找陈曦

胡芸菱

总是试着总结我们之间的一切，包括一起度过的日子，投入的感情，甚至是一起游荡在长沙各个街头的次数。我的旁边就是你，看到了你就是看到了我，似乎好像我就是你。这样的表达像是恰如其分。

我一直为你骄傲着，因为我总是看到不一样的陈曦；我也一直习惯着别人的惊呼："原来你也有这样的一面！"与别人不同的是，我接受好的你也接受坏的你。我们都认为17岁不该为考试和成绩卖命，我们也认同学习也是17岁的一部分，将来的我们不想为了丧失这部分而失落或后悔，所以我们是痛苦并快乐着，一边煎熬着、一边度过着最青春年少的时光。我们的奋笔疾书、分秒必争是为了一种看得到希望的自由吧，暂且这样自我安慰着，等到多久多久的以后，等到这些都只是只言片语，我还是和你一起，游荡在某个地方街头，投入着一直未变的感情，度过着未知的每一天。

胡绚蝶

“每段青春都会苍老，但我希望记忆里的你一直都好。”

在提笔写你之前，我先仔细想想我是个什么样的人。这似乎是个太复杂的问题，考虑到不同空间时间，以及面对的不同对象，我都是不同的一个人。最后我得出结论，我是你喜欢的一个人。那么你呢，陈曦，这个有着大众名字的不平凡人，也是我喜欢的人。

好几次想提笔，给你写这段话。想到要放在你的新书里，又不禁慎重起来。我一直在想，我应该怎么样描写出我心中的那个你。让别人可以从一页页没有温度的书页上，看见有血有肉的你。

你有梦想，你要去光华，将来当导演。

你有故事，你和一群人一起长大，也见证他们的成长。

你有方向，你不停告诉自己，要逼自己一把。

你有个性，你想打耳洞想文身，却还是有底线。

你的血液里，

一半海水，一半烟火。

一半理性，一半感性。

一半现实，一半浪漫。

一半中庸，一半锐利。

一半平和，一半冲动。

所以我才觉得，你陪在我身边，有一种刚刚好的默契。你一边响应我疯狂的想法，一边又说明不可行性。我所有冲动、疯狂、不安分的因子，都被你安抚，又完美地释放，给它们出路。

很多人的青春无处安放，

于是他们叛逆，流浪，企图惩罚自己来警告这个社会。

可是社会从不在乎一两个人的人生轨迹会如何发展，它就是一个熔炉，磨去人们的棱角，然后给他们一个大体相同的未来。

可我坚信，你，我，一定都不是这个傻瓜体制下的牺牲者。

那晚我在黑暗里，拖着疲惫和沉沉的睡意，跟你说：我天天都在担心自己变成一个世俗不堪的大人。

你没有回应。

我当你默认，我知道，你一定也害怕。

陈曦，

我不是那么优秀的一个人，我的成绩单上总差那么一点点才完美，我的脾气需要朋友们来包容，我的想法还是那么不成熟。可是我还是在坚持，带着被人嘲笑的不现实的理想，还在朝前走。

我庆幸你也在路上。

我疲惫的时候会想你，你的坚定给我勇气让我继续走下去。

陈曦，我不相信每个人的梦想都会被现实淹没。

就像我不相信海有尽头，人生有过不去的坎一样。

陈曦，

你不能停驻。

你的终点很远，即使有一天所有的人劝你停下来，你身边一定还有我和你同行，和你一起温柔地推翻这个世界。

希望你十七岁的这本书能做一个见证，我们，是梦想的行者，要一起去远方。

希望多年以后，当别人说起中国电影，都会顺口说出陈曦的名字。

也希望，我的咖啡店，能代表一种生活态度和生活方式，而不是变成人们的伪装圣地。

祝福我们，以及我们十七岁时的伟大理想。

祝福青春，永远不老。

你要记住，这个世界，是我们的。

左峻士

“你还是比较适合灰色毛衣。”

我们此生便是这么开始的吧。你带着你的栗色蘑菇头与温暖的笑容走进了我的生命，彼时我还只是个爱打球、爱听歌、咧嘴大笑的男孩儿。你的出现，像是一道光，引领我前进的路，引领我如何做一个有责任、有担当的男人。

我曾要你如实回答，我于你的意义究竟几何？你很直接地回答：“在男生里排第二。”

老实说，对这回答我是喜忧参半的。一方面我明白你身上的光环，以及强大如军队的朋友们，我能排第二已是难得；另一方面，是你未曾想到我曾在你身上倾注多大的意义，哪怕再久不联系，我都始终铭记着我们的约定，要考去同一个大学，并且，我们还有 57 年。

就是这样的执念，自我们熟识起，不知不觉，这念头就已保存了近 5 年。其中深刻的意义，怕也只有我自己明白了。

不过我是不在意的。因了我始终记得你说——因为我们之间还有 57 年，谁也不该，不会有理由退却，没有距离和想念在一起，不诉离觞。

你知道的，我在这里，我们在的地方，就是夏天一起晒太阳，一起淋暴雨，我们走过的路越是泥泞，脚印越是深刻。

你相信吗？这样简单的一席话，便成功地虏获了我一生的信念。

周文雯

如果我下辈子是男儿身，一定把 chasing 追到手！一起不插电的旅行，探寻光怪陆离的世界。

徐帝雨

《晨曦》

你说的话，总那么好听，就算损人都用温柔语气。

爱开玩笑，也爱穷开心，逗人消气，也满是贴心。

像个孩子一样没有心机，好好小姐，其实不容易。

我愿意珍惜你的心情，也体会你的感性。

你哪里还差一个情人，好朋友都是情人替身。

我们只给你情人的保护，不让你背上前进的包袱。

你是晨曦，最美好的陈曦，用美好感染每个黎明，第一道曙光的呼吸，让心贴着心 。

你是陈曦，最美好的晨曦，用美好字句记下时光轨迹，不如我们一起旅行，用胜似情人的默契，刷新记忆。